KB252586

비 오는 날은
학교에 가지
않는다

비 오는 날은 학교에 가지 않는다

1판 1쇄 2026년 3월 31일

지은이 아이자와 사코 **옮긴이** 김영주
펴낸이 주정관 **편집주간** 이지안 **디자인** 육수정 **경영지원** 김은경
펴낸곳 북스토리㈜ **등록** 제22-1610호 (1999. 8. 18.)
주소 서울특별시 영등포구 양산로91 리드원센터 1303호
전화 02-332-5281 **팩스** 02-332-5283
홈페이지 www.ebookstory.co.kr
이메일 bookstory@naver.com

ISBN 979-11-5564-432-4 (43830)

잘못된 책은 구입하신 서점에서 교환해 드립니다.

비 오는 날은 학교에 가지 않는다

아이자와 사코 지음
김영주 옮김

북스토리

차례

1. 달걀 껍데기 붙었어

"달걀 껍데기 붙었어."

사에가 손을 뻗어 내 교복 조끼에 붙은 것을 떼어 주었다. 조금 전 먹은 삶은 달걀의 흔적이었다. 투박한 철제 책상 위에 달걀 껍데기 조각들이 널브러져 있었다. 사에는 달걀을 손수건에 싸서 책상 위에 대고 굴리며 손으로 문질렀다. 그 동작이 무슨 귀한 화석이라도 발굴하듯 신중했다.

나는 이미 급식을 다 먹은 상태였다. 빈 우유 팩 빨대를 몇 번 더 빨아보았지만, 요란하게 바람 새는 소리만 울렸다. 나는 호로록 소리를 내며 파티션 밖으로 나갔다.

컴퓨터 앞에 앉은 하세베 선생님은 바쁜지 눈길 한번 주지 않았다. 우유 팩 빨대에 바람을 불어 넣자 팩이 살짝 부풀면서 우유 냄새가 났다. 세면대에서 우유 팩을 뜯어 헹구고 있는데, 파티션 안쪽에서 들뜬 목소리가 터져 나왔다.

"나츠! 잠깐 와봐!"

복권 당첨이라도 된 듯한 목소리였다. 무슨 이유인지 대충 짐작이 갔다.

"왜? 또 당첨됐어?"

고작 아이스캔디 막대기에 적힌 '당첨' 글자에 저토록 기뻐하다니. 초등학생도 저러진 않을 거다.

4인용 철제 책상 위에는 급식 쟁반 두 개가 나란히 놓여 있다. 그 앞에 앉은 사에가 뿌듯한 표정으로 달걀을 들어 올렸다. 흠집 하나 없이 매끈한 흰자가 눈에 들어왔다. 창가로 스며드는 햇살을 받아 더욱 뽀얗게 보였다. 사에는 보물이라도 다루듯 그것을 요리조리 돌려가며 자랑했다. 정말이지 완벽하게 깔끔했다.

"달걀흰자에 상처 하나 없이 껍데기를 벗기면, 그날 하루는 종일 좋은 일만 생긴대."

그런 이야기를 진지한 표정으로 늘어놓는 중학교

2학년은 흔치 않을 거다. 하지만 사에는 매일 아침 TV 별자리 운세를 내 것까지 챙겨 알려주는, 그런 아이다.

"있잖아, 어제 별똥별을 봤는데 말이야. 소원 빌 틈도 없이 순식간에 지나가버려서 정말 충격이었어."

진심으로 안타까워하며 이런 이야기를 하는 게 한두 번이 아니다. 우리가 이곳에서 처음 삶은 달걀을 먹던 날, 사에는 이 '행운의 달걀 껍데기 까기'에 대해 마치 일생일대의 비밀이라도 털어놓듯 내게 말해주었다.

물론 나는 그런 미신을 전혀 믿지 않는다. 하지만 그날 이후, 달걀 껍데기를 벗길 때마다 나도 모르게 조심하게 되었다. 혹시 모를 일이니까. 만약 그렇게 해서 진짜 행운이 찾아온다면, 노력 없이 얻는 완전한 이득 아닌가. 삶은 달걀은 거의 매일 나오니 도전할 기회는 널려 있고, 성공만 하면 공짜 행운을 얻는 셈이다. 그런데 휴대폰으로 검색해 보니, 껍데기를 쉽게 까는 비법은 사실 '어떻게 삶느냐'에 달려 있었다. 아무래도 우리 엄마가 삶는 방식으로는 이 완벽한 성공이 꽤 어려울 것 같다. 그래서 내게는 좀처럼 행운이 오지 않는 걸까.

"좋겠다. 정말 오랜만에 성공한 거지?"

내 말에 사에는 달걀을 든 채 싱긋 웃어보였다.

"응! 오늘은 분명 좋은 일이 있을 거야."

사에의 해맑은 행복이 왠지 나에게까지 전염되는 것 같다.

사에는 달걀을 참 맛있게도 먹었다. 그 모습이 보기 좋아 나는 자진해서 사에의 우유 팩까지 씻어주기로 했다. 수도꼭지를 돌리는데 파티션 너머로 사에의 콧노래가 들려왔다. "나츠, 그릇은 내가 치우고 올게." 플라스틱이 가볍게 부딪히는 소리가 나는가 싶더니 사에가 하나로 포개진 그릇을 들고 보건실을 나섰다.

손수건으로 손을 닦았다. 희미한 우유 냄새가 났다. 사에가 나가자 주변이 순식간에 고요해졌다. 규칙적으로 시간을 새기는 벽시계 소리만이 메트로놈처럼 일정하게 울렸다.

이미 오후 수업이 시작된 시간이었다. 하세베 선생님에게 들키지 않게 조용히 침대에 누워 담요에 얼굴을 묻었다. 창밖 운동장에서는 축구 수업이 한창이었다. 뙤약볕 아래서 땀을 뻘뻘 흘리며 공을 쫓아다니는 아이들의 모습이 왠지 바보들 같았다. 이곳은 에어컨이 시원하게 돌아가 운동장이나 교실의 꿉꿉한 공기와 달리 아주 쾌적하다.

솔직히 체육을 왜 해야 하는지 모르겠다. 운동을 잘하는 아이들만 좋아할 뿐 대부분은 패배감만 느낄 뿐이다. 특히 배구처럼 팀을 짜서 하는 수업은 정말 최악이다. 실수하고, 망신당하고, 아이들의 혀 차는 소리를 견뎌야 하는. 그건 선생님이 묵인하는 따돌림과 다를 바 없다.

에어컨 바람이 뺨을 간지럽혔다. 조금 길어져 지저분해진 앞머리가 눈썹 위에서 흔들렸다. 사에가 돌아왔나 보다. 파티션 너머로 선생님과 사에가 나누는 대화가 들려왔다.

"숙제는 다 했니? 이제 슬슬 공부해야지?" "네에." 부드럽게 대꾸하는 사에의 목소리.

나는 침대에서 내려와 다시 책상으로 돌아왔다. 흩어져 있던 노트와 펜을 모으며 아직 끝내지 못한 숙제를 눈으로 훑었다. 오늘 안에 끝내야 한다니, 벌써 귀찮아지려 한다.

"선생님이 주시하고 계십니다."

사에가 웃음을 참으며 속삭였다.

"에이, 나머지는 내일 해도 되는데."

투정을 부리며 책상에 엎드리자, "그건 안 되지. 어허, 똑바로 앉고!" 하세베 선생님이 불쑥 얼굴을 내밀었다. 사에도 자리에 앉았다. 우리는 황급히 등을 펴고 자세를 바로잡는 시늉을 하며 교과서를 펼쳤다.

희미한 기척이 느껴져 우리는 서로를 마주 보았다. 수학 문제집을 막 펼치던 사에도 잠깐 숨을 죽였다. 연한 크림색 파티션 너머에서 "실례합니다." 하는 여자아이의 목소리와 함께 문이 열렸다. 나는 사에와 눈을 맞추며 장난스럽게 웃었다. 지금부터 우리는 숨바꼭질하듯 인기척을 지워야 한다. 숨소리 하나, 움직임 하나라도 들켰다가는 지는 거다.

'무궁화 꽃이 피었습니다' 게임을 하듯, 우리는 존재를 감춰야 한다.

보건실을 찾은 아이는 어디에 쓸려 상처가 난 모양이었다. 벽 너머 대화로 미루어 상황을 짐작했다. 만약 열이 나거나 생리통 때문에 온 거라면 우리에겐 고역이다. 그 애가 있는 내내 숨을 죽이고 있어야 하니까. 뻔뻔하게 그냥 떠들었다가는 선생님한테 한소리 들을 게 뻔했다.

파티션 너머에서 선생님이 여학생의 상처를 살피는 기척이 들렸다. 나는 사에를 팔꿈치로 쿡 찔렀다. 볼을 빵빵하게 부풀려 우스꽝스러운 표정을 짓자, 사에는 배를 감싸 안고 소리 없이 크게 웃었다.

'아 진짜, 나츠 그만해.'

입 모양으로만 속삭이며 사에가 허둥지둥 손을 내저었다. 지금은 사에가 수세에 몰린 상황. 나는 내친김에 사에의 옆구리를 간지럽히려 손을 뻗었다. 사에가 몸을 피하는 바람에 의자가 드르륵 소리를 냈고, 그 순간 우리는 돌처럼 굳어버렸다.

다행히 들키지 않았다. 안도감 섞인 킥킥 소리가

우리 사이에서 새어 나왔다.

"일단 상처 부위부터 씻어내자. 나츠, 화장지 좀 가져다줄래?"

파티션 너머에서 선생님이 나를 불렀다. 부풀렸던 볼이 순식간에 푹 꺼졌다. 사에는 스위치가 꺼진 인형처럼 무표정하게 나를 올려다보았다.

"나츠."

재차 부르는 소리. 네, 네, 갑니다. 요즘 하세베 선생님은 정말 눈치가 없다. 화장지 정도는 직접 가져가도 되지 않나. 나는 일부러 과하게 의자를 끄는 소리를 내며 자리에서 일어났다. 크게 숨을 들이쉬고 화장지가 놓인 선반으로 걸어갔다. 여기는 파티션 너머에서도 훤히 보이는 위치다. 힐끗 보니 수도꼭지 앞에서 상처를 씻는 여학생이 보였다. 체육복을 보니 3학년 선배였다. 화장지를 꺼내 고개를 숙인 채 선생님에게 다가갔다. 선배의 시선이 느껴져 차마 고개를 들 수 없었다.

선생님에게 화장지를 던지다시피 건네주고는 후다닥 자리로 돌아왔다. 자리에 앉자마자 나직한 말

소리가 들렸다. 교실이었다면 묻혔을 만큼 작은 목소리였다.

"재는 왜 여기 있는 거예요?"

얼굴이 확 달아올랐다.

"보건 위원이라 선생님 일을 돕고 있어."

하세베 선생님이 웃으면서 살짝 거짓말을 했다. 잠시 후, 인사를 남기고 선배가 나갔다. 문이 닫히자 참았던 한숨이 터져 나왔다.

평소 같았으면 이 타이밍에 우리는 배를 잡고 굴렀을 거다. "안 들켰어! 대박!" 이러면서 사에가 펜 떨어뜨린 이야기나 내 기침 소리 때문에 들킬 뻔했다며 떠들어댔을 것이다. 하지만 오늘은 그럴 수 없었다. 책상 위에 있던 과자 통을 끌어당겨 한 개 꺼냈다. 태연한 척 과자를 입에 물었다. 뺨 쪽으로 사에의 시선이 느껴졌다.

"숙제는 다 했니?" 하세베 선생님이 파티션 위로 얼굴을 내밀며 물었다. 나는 괜히 뾰루퉁한 표정으로 입을 열었다. 사에는 입을 꾹 다물고 있었다.

"사에는 문제집까지 풀고 있어요. 대단하죠?"

“우와, 수학이네.” 선생님이 문제집을 들여다보며 말을 이었다. “나, 수학 정말 못했는데. 지금도 그래. 27 빼기 9 같은 두 자릿수 뺄셈도 헷갈린다니까.” “그건 수학이 아니라 산수잖아요.”

사에가 소리를 내며 웃었다. 산수를 못해도 보건실 선생님이 될 수 있나 보다.

“사에, 요즘 공부 열심히 하네.”

선생님이 기특하다는 듯 말했다. 사에가 선생님을 올려다보며 고개를 끄덕였다.

“다른 애들보다 늦은 만큼 더 열심히 해서 따라잡아야죠.”

나는 사에의 윤기 나는 긴 머리카락을 멍하니 바라보았다. 사에는 뭔가 망설이는 듯하더니 이내 용기를 내어 말을 이었다.

“저, 다음 주부터는 교실로 돌아가려고요.”

사에의 말을 듣는 순간, 나도 모르게 이에 힘이 들어갔다. 물고 있던 과자가 툭 부러지며 책상 위를 힘없이 굴러갔다.

속삭이듯 내리는 빗소리에 가만히 귀를 기울였다. 배수 상태가 엉망인 통학로를 걷는 일은 영 내키지 않아 학교를 쉴까도 생각했지만, 나는 오늘도 보건실에 와 있다. 이유는 잘 모르겠다. 사에를 만나기 전, 작년의 보건실이었다면 분명 결석하고 오후 늦게까지 잠이나 잤을 거다.

사에와 난 아침 8시가 조금 넘으면 약속이라도 한 듯 이 요새에 틀어박혔다. 이런 걸 '농성'이라고 하는 걸까, 생각한 적도 있었다. 대체 무엇으로부터 몸을 지키려 하는 것인지 설명하기는 어렵다. 다만 여기서 한 걸음이라도 밖으로 나가려 하면, 왠지 무시무시한 것과 맞닥뜨릴 것만 같아 몸이 굳어버렸다. 내장 속 깊은 곳에서 먹은 것들이 치밀어 올라 화장실로 달려가야 했다. 여자애들이 화장실에서 떠드는 소리조차 견딜 수 없어 나는 조용하고 아무도 오지 않는 건물 구석 화장실을 찾았다. 아무도 오지 않는 곳, 아무도 없는 곳, 누구에게도 들키지 않을 곳. 언제든 토할 수 있는 그곳에 몇 시간이고 틀어박히는 것, 그것이 나의 '농성'이었다.

점심으로 먹는 삶은 달걀도 원래는 이 요새에서 버티기 위한 비상식량이었다. 급식을 받으러 교무실까지 가는 건 너무 싫으니까. 아이들이 모두 교실에서 밥을 먹는다 해도, 혼자 쟁반을 들러 가는 건 비참한 일이었다. 혹시라도 화장실에 가거나 볼일이 있어 나온 누군가와 마주칠지도 모르니까. 그 순간 나를 향해 쏟아질 기이한 시선을 떠올리는 것만으로도 급식 시간은 우울해졌다.

그래서 나는 늘 허기진 채 보건실 침대에 누워 있었다. 날마다 점심은 멜런콜리였다. 엄마는 급식비가 아깝다며 잔소리를 하면서도 매일 삶은 달걀 두 개를 꼬박꼬박 챙겨주었다. 사에가 보건실로 오게 된 뒤로는 급식을 가져다 먹었지만, 그래도 우리는 매일 삶은 달걀을 하나씩 나눠 먹으며 시간을 보냈다.

올겨울, 사에가 처음 이곳에 왔을 때 그 애도 급식을 받으러 가려 하지 않았다. 선생님이 달래보고 부추겨도 입을 꾹 다문 채, 잔뜩 가시를 세운 표정으로 보건실 침대에 걸터앉아 있었다.

"먹을래?"

내가 포일에 싼 달걀을 내밀며 말을 걸자, 사에는 너무나 기쁜 표정으로 고개를 끄덕였다. 그 모습이 꼭 야생동물에게 먹이를 주며 길들이는 것 같은 느낌이 들게 했다.

어느새 빗줄기가 굵어졌다. 요란한 빗소리가 내가 내는 소음들을 집어삼켰다. 숨죽인 한숨도, 뒤척일 때마다 삐걱거리는 침대 소리도, 이유 없이 소리치고 싶어지는 충동마저 빗소리에 묻혀 사라졌다. 마치 내가 이곳에 존재하지 않는 것처럼 비는 내 존재를 지워버렸다. 교실의 웅성거림이 그랬던 것처럼. 그런데도 닫힌 커튼 너머에서는 사에가 샤프로 사각사각 쓰는 소리가 들려오는 것 같았다.

이불에서 빠져나와 헝클어진 머리를 매만졌다. 슬리퍼를 끌며 커튼으로 손을 뻗었다. 살며시 커튼을 열고 들여다보니 사에가 책상 앞에 앉아 뭔가를 쓰고 있었다. 기척을 느꼈는지 사에가 고개를 들었다. 눈이 마주쳤다.

"나츠, 이제 괜찮아?"

사에는 안도와 불안이 뒤섞인 묘한 표정을 짓고 있었다. 아침부터 침대에 틀어박혀 있는 내가 걱정되었나 보다. 뭐라고 대답하지. 괜찮다니, 뭐가? 씩씩하고 건강한 '보통의 아이들'처럼 살아가는 거?

나는 커튼 밖으로 걸어 나왔다. 헝클어진 침대를 그냥 두었다. 선생님이 보면 한소리 하겠지만, 왠지 다시 그 안으로 기어들어갈 것 같은 기분이 들었다.

"공부해?"

평소라면 지금 우리는 만화책을 보거나 그림을 그리고 있을 시간이었다. 둘 다 숙제를 성실히 할 만큼 착실한 학생들이 아니었으니까. 아니, 그런 애들이었다면 애초에 이곳에 있지도 않았겠지.

그런데 요즘 사에는 낯선 문제집을 펼쳐놓고 무언가를 바쁘게 쓰곤 했다.

"어제 풀던 거."

대답하는 사에의 안색이 조금 어두웠다.

흐음, 수학이구나. 수학을 왜 저렇게 열심히 하지.

갑자기 학급 위원이라도 된 양 구는 사에의 모습에 이유 모를 짜증이 치밀었다.

벽시계를 보니 벌써 점심시간이었다. 급식을 가지러 가는 게 귀찮아 가방에서 알루미늄 포일에 싼 달걀을 꺼냈다. 은색 포장을 벗기자 매끄럽고 둥근 달걀이 모습을 드러냈다.

"밥 가지러 갈래?"

사에가 내 눈치를 살피며 조심스럽게 물었다. 나는 고개를 저으며 입맛이 없다고 잘라 말했다. 내뱉고 나니 너무 단호하게 말한 것 같아 가방에서 남은 달걀 하나를 마저 꺼냈다.

"너도 먹을래?"

사에는 그제야 엷은 미소를 띠며 고개를 끄덕였다. 내민 사에의 손바닥 위에 달걀을 올려놓았다.

한동안 우리는 말없이 달걀 껍데기를 벗겼다. 점심시간에 보건실에서 나란히 앉아 묵묵히 달걀을 까는 중학생이라니. 참 비현실적인 광경이었다. 내가 읽은 그 어떤 순정만화에도 이런 장면은 나오지 않았다. 아니, 애초에 우리는 순정만화 세계와는 거리가 먼 곳으로 밀려나 있었다. 수업 시간에 쪽지를 주고받거나, 쉬는 시간에 화장실에서 수다를 떨거나, 축구부 아이를 짝사랑하는 일 따위와는 상관없는 세계. 우리는 '괜찮은 아이들'이 아니니까.

껍데기가 잘 벗겨지지 않았다. 책상에 툭 부딪혀 금을 낸 순간 이미 흰자에 상처가 났다. 생각보다 힘이 들어갔는지 길게 자란 손톱이 흰 표면을 눌러 자국을 남겼다.

"아까 마츠모토 선생님이 다녀가셨어."

사에는 생각났다는 듯 말을 꺼냈다. 예쁘게 깐 달걀을 포일 위에 내려놓고, 사에는 문제집 옆 클리어 파일에서 종이 한 장을 꺼내 내밀었다.

"나츠한테 전해달라고 하셨어."

종이에는 '진로 희망 조사서'라는 글자가 박혀 있었다. 달걀을 쥔 채 용지를 내려다보았다. 1지망, 2지망… 칸칸이 나뉜 빈칸들이 나를 압박했다.

"이게 뭐야?" 뻔히 알면서도 되물었다.

"진로 희망 조사서잖아. 선생님이 가능하면 빨리 내래."

시선을 올리니 사에가 두 손으로 달걀을 쥐고 입가로 가져가고 있었다. 나와는 달리 얼굴이 예쁜 이 아이는 그런 사소한 몸짓 하나도 남달라 보였다. 그래, 사에는 나와 다르다. 소재부터 다른 아이다.

"귀찮게…."

나직이 불만이 새어 나왔다. 진로 희망 따위 아무래도 상관없었다. 어차피 나 같은 낙오자가 제대로 된 고등학교에 갈 리 없으니까. 일 년 가까이 보건실로 등교했고 내신은 이미 바닥일 텐데, 이런 나를 받아줄 고등학교가 어디 있겠어. 설령 있다 해도 '보통' 학교는 아닐 것이다. 낙제생들이 모이는 학교이거나 야간 과정, 혹은 통신제(통신 교육으로 학점을 얻게 하는 제도_역주) 학교겠지. 한번 패배자는 영원히 패배자다. 진로를 고민할 권리는 학교에 잘 다니고 교실에 잘 어울리는, 그런 '평범한' 아이들에게만 주어진 특권이었다.

"정말 교실로 돌아갈 생각이야?"

사에는 천천히 미소를 지우더니, 미간을 살짝 좁힌 채 조용히 고개를 끄덕였다.

"왜?" 나는 따지듯 되물었다.

"왜냐니…." "왜 나가려는 건데? 사에는 여기서 나가도 아무렇지 않아? 혼자서 잘할 수 있을 것 같아?"

낙오자는 평생 낙오자라고. 사에 너도 이미 내신은 엉망일 텐데, 이제 와서 되돌릴 수 있을 것 같아. 왜 마음에도 없는 모진 말들이 멋대로 튀어나오는 걸까. 왜 힘내라는 응원 한마디를 못하는 거야.

짜증 섞인 말을 내뱉으면서도 한편으론 냉정하게 내 태도를 분석하는 내가 있었다. 하지만 결국 목구멍까지 차오른 말은 하나뿐이었다. 네가 나를 버리고 이곳을 떠나려 하잖아.

"난 괜찮아." 사에는 시선을 떨군 채 포일 위에 놓인 매끈한 달걀을 바라보았다.

"나츠는 어떤데?" "나?" "나츠는 왜 교실에 안 가고 보건실에 오게 된 거야?"

그 말에 격앙되어 몰아붙이던 기세는 온데간데없이 사라지고 바람 빠진 풍선처럼 나는 아무 말도 못하고 서 있었다.

지금까지 우리는 서로 보건실로 등교하게 된 이유를 묻지 않았다. 내 사정을 이해해줄 거라 기대하지 않았고, 사에 역시 묻지 않기를 바랄 거라 지레짐작했다. 그러고 보니 6개월 동안 이곳에서 함께 시간을 보냈는데, 나는 사에에 대해 아무것도 아는 게 없었다. 사에 역시 마찬가지겠지.

“그건… 너랑 상관없잖아.”

시야에 들어온 철제 책상의 칙칙한 표면만 뚫어져라 쳐다보았다. 도저히 고개를 들 수 없었다.

“됐어. 그냥 가버려. 나 같은 거 신경 쓰지 말고 교실로 돌아가라고. 어차피 잘 안될 게 뻔하지만.”

그러니까 다신 여기 오지 마. 이 배신자야. 말을 내뱉으면서도 내가 너무나 한심해 자리에서 벌떡 일어나 커튼을 확 쳤다. 그러고는 침대에 누워 이불을 머리끝까지 뒤집어썼다.

잠시 뒤 의자가 밀리는 소리가 나는가 싶더니 방을 나가는 실내화 소리가 요란한 빗소리를 뚫고 선명하게 들려왔다.

*

　사에가 보건실 등교를 '졸업'한 지 사흘이 지났다. 나는 이곳에 처음 발을 들였을 무렵의 그 지독한 따분함을 다시 견뎌야 했다. 하기 싫은 숙제를 하면서 함께 투덜댈 상대도, 막히는 문제를 물어볼 사람도 없었다. 좁다란 파티션 안에서 홀로, 존재를 지워버리려는 듯 어깨를 잔뜩 웅크린 채 시간을 견뎌야 했다. 분명 익숙한 풍경인데도 갑자기 낯선 공간에 갇혀버린 기분이었다.

　가끔 모르는 학생이 보건실에 와서 선생님과 대화를 나눌 때면, 나는 책상에 엎드린 채 눈을 감았다.

　여기 아무도 없어. 난 없는 사람이야. 그러니까 제발 이쪽으로 오지 마. 선생님도 제발 나한테 심부름시키지 마세요.

　크림색 칸막이 너머에, 일 년 가까이 보건실로 등교하는 불쌍한 아이가 있다는 걸 들키고 싶지 않았다. 그래서 선생님이 "나츠, 이것 좀 기록해줘." 하고 부를 때마다 수치심에 어금니를 악물었다.

파티션 밖으로 나가면 보건실에 온 학생의 반, 번호, 이름, 증상을 적어야 했다. 선생님이 상태를 살피는 동안 그 애들은 안쪽에서 불쑥 나타난 나를 기이한 눈빛으로 훑었다. '아, 보건실로 등교하는 애구나. 불쌍해라' 하는 이해와 동정이 섞인 표정들을 하고서.

왜 이런 비참함을 견뎌야 하는 거지? 그런 눈으로 보지 마. 묻지도 마. 나도 좋아서 여기 처박혀 있는 게 아니란 말이야. 하지만 곧 자문하게 된다. 텔레비전과 만화책이 있는 아늑한 내 방을 두고 왜 굳이 학교 보건실까지 기어 나오는 걸까. 언젠가 선생님이 물었을 때, 나는 '사에와 놀 수 있어서요.'라고 대답하며 사에와 카드 게임을 했었다. 거짓말이 아니었다.

그런데 사에가 오기 전, 혼자 보냈던 시간은 어땠더라. 점심시간에 선생님과 시시한 초등학생용 게임을 하며 낄낄대던 기억이 났다. 여기에서 하는 놀이는 내 방에서 하는 화려한 컴퓨터 게임들과 비교하면 너무나 단조롭고 보잘것없었다. 꼭 나처럼.

정신을 차려 보니 점심시간이었고, 나는 여전히 혼자였다. 선생님의 기척도 없었다. 교무실에 급식을 받으러 갈 용기는 나지 않아서 삶은 달걀을 조심스레 벗기기 시작했다. 아침에 식빵 한 조각만 먹은 터라 배가 몹시 고팠지만 상관없었다. 시계를 보니 지금은 한창 점심시간이라 복도에 나가면 안 된다. 이 시간의 왁자지껄한 분위기가 나는 불편했다. 아이들이 복도를 달리면서 내는 실내화 소리와 천진난만하게 질러대는 들뜬 목소리가 견딜 수 없었다.

사에는 잘 지내고 있을까. 교실에 잘 적응했을까. 힘들다고 울며 보건실로 도망쳐 오지는 않을까. 그러고 보니 오늘은 뭐 하냐고 묻는 문자 한 통 없네.

"어제 숙제는 다 했니?"

보건실로 돌아온 하세베 선생님이 파티션 안으로 들어왔다. 시선이 덮어놓은 노트로 향했다. 어제까지 끝내야 할 숙제였지만, 혼자 하려니 좀처럼 집중이 되지 않았다. 달걀은 오늘도 잘 벗겨지지 않아 흰자 표면에 자국을 남겼다. 선생님은 맞은편 의자를 끌어당겨 앉으며 나직이 말했다.

"사에가 없으니까 외롭네."

배에서 꼬르륵 소리가 났다. 나는 달걀 껍데기를 떼어내며 고개를 저었다. '외롭네.' 선생님의 목소리가 귓가를 파고들어 내 깊은 곳을 흔들었다. 사에가 없어서 외롭다니. 나도 모르게 손끝에 힘이 들어갔다. 연약한 달걀이 금이 가면서 찌그러졌다.

"외롭지 않아요."

아무에게도 들리지 않을 만큼 아주 작게 중얼거렸다. 외롭지 않아. 정말로.

"나츠는 사에가 다시 교실로 돌아가게 되어서 기쁘지 않니?"

손안에서 찌그러진 달걀을 내려다보았다. 내가 뭘 잘못 들은 건가 했다. 교실로 돌아가는 게 기쁜 일이라고? 거기엔 나를 비웃고, 무시하고, 뒤에서 낄낄거리며 험담하는 그런 애들뿐인데.

나도 안다. 따지고 보면 그게 죽을 만큼 심각한 왕따가 아니라는 걸. 그렇지만 나는 사에처럼 교실로 돌아갈 수 없다. 명확한 이유도, 씻을 수 없는 상처를 입은 것도 아닌데 왜 교실로 가지 못하냐고 묻는다면 대답할 말이 없다. 나도 알고 싶다. 왜 다리가 떨리고 몸이 굳어버리는지. 사에는 어땠을까. 사에에게 교실은 어떤 곳이었을까.

"사에는…."

망가진 달걀이 꼭 내 모습 같다.

"정말 교실로 돌아가고 싶었던 걸까요?"

"글쎄." 선생님이 어려운 문제를 풀 듯 천천히 대답했다. "돌아가고 싶었으니까 여기서 나간 게 아닐까?"

그게 정말 사에가 바랐던 일이라면, 사에는 기뻤을까?

"만약 그렇다면…." 목소리가 가늘게 떨렸다.

당연히 기쁘죠. 사에가 원했던 거니까요. 선생님, 저는 사에에게 생기는 행운은 전부 제 일처럼 기뻐요. 그 애가 콧노래를 부르면 저도 덩달아 기분이 좋아지거든요. 그런데… 그런데 왜 그런 식으로 말했을까요. 잘해보라고, 지지 말고 힘내라고, 가끔 놀러 오라고… 왜 그렇게 말하지 못했을까요. 전 왜 이렇게 이기적일까요.

"기쁜데… 한편으로는 하나도 기쁘지 않아요. 정말 기쁘지가 않단 말이에요."

감기에 걸린 것처럼 목구멍이 뜨겁고 쓰라렸다. 갑자기 눈물이 주르륵 흘렀다. 당황해서 손등으로 급히 닦아냈다.

"나츠는 교실로 돌아가고 싶지 않니?"

"네. 절대로 안 가요. 다신 그런 곳에 가고 싶지 않아요." 나는 연거푸 고개를 저었다.

"어째서 사에는 괜찮아진 걸까요? 왜 이제 와서 돌아간 걸까요?" "그러게." 선생님은 고개를 끄덕였다. "아마도 너희가 지내기에 이곳이 너무 좁아진 게 아닐까?"

선생님이 손을 뻗어 책상 위에 놓아둔 다른 달걀 하나를 집어 들었다.

"살아 있는 모든 것은 성장하기 마련이거든. 자꾸 자라나서 결국엔 방에도, 집에도, 학교에도 더는 틀어박혀 있을 수 없게 되는 거야."

그게 무슨 소리지. 집보다 커진다니, 고질라도 아니고. 나는 울음 섞인 헛웃음을 지었다.

"전 절대로 안 돌아가요. 고등학교도 안 갈 거고, 취직도 안 할 거예요. 평생 방 안에만 처박혀 살 거예요. 그냥 그렇게 살면 돼요."

억지를 부리며 쏟아낸 말들을 선생님은 묵묵히 들어주었다.

"그런데 있잖아. 네가 아무리 그러고 싶어도 넌 분명 앞으로 계속 자랄 거야. 방 안에만 있고 싶어도 자꾸자꾸 자라나서, 결국 그 공간이 널 담아내지 못하게 될 거라고."

"무슨 말인지 모르겠어요. 전 괴물이 아니에요."

"그래, 괴물이 아니지. 하지만 사람은 몸만 자라는 게 아니야. 살아가는 공간도, 타인과의 관계도 점점 커지고 자라서 결국 예전의 좁은 틀에는 다 담을 수 없게 돼. 그렇게 자라난 만큼, 너는 밖으로 나가 살아가야 하는 거야."

선생님의 말을 들으며 상상해보았다. 아늑한 요새를 스스로 뚫고 나갈 만큼 거대해진 내 모습을. 방을 부수고 집을 넘어 마을보다도 커져버린 괴물 같은 나를.

"전 그렇게 안 커요. 분명 그 전에 죽어버릴 테니까요."

"그래도 지금은 살아 있잖니. 나츠는 못 느끼겠지만, 넌 지금도 자라고 있어."

선생님이 알루미늄 포일에 싸인 달걀 하나를 내밀었다. 엉망이 된 달걀 대신 새 달걀을 받아들었다. 고개를 들자 선생님은 자리에서 일어나 있었다.

"나츠, 교실이 아직 두렵다면 무리해서 돌아가지 않아도 돼. 하지만 사에에게는 꼭 사과했으면 해. 네가 지금 울고 있는 것도 그것 때문이잖아."

내가 울고 있었다고? 뽀얀 달걀을 두 손으로 감싸 쥐고 입술을 깨물었다. 미안해서 우는 건가, 아니면 혼자가 되기 싫은 마음 때문일까. 내 마음인데도 도무지 알 수 없다. 그러나 하나는 분명히 알 것 같다.

사에를 만나고 싶다. 그리고 미안하다고 말하고 싶다.

내가 고개를 끄덕이자 선생님이 미소 지으며 등을 돌렸다. 그러고는 파티션을 옆으로 밀어내 내가 가야 할 곳을 알려주었다. 좁았던 세계가 갑자기 환하게 넓어진 듯했다.

*

복도로 나오자 끝없이 이어진 통로 저편이 너무 눈부셔 몸이 굳어버렸다. 정말로 피부가 타버릴 것만 같았다. 나는 뭍으로 올라온 인어처럼 이를 악물고 천천히 발을 뗐다. 늘 수업 시간이나 애들이 없을 때만 복도를 걸었던 탓일까, 후덥지근하고 눅눅한 공기가 낯설었다.

사에에게 문자로 위치를 묻자 과학실에 있다는 답장이 왔다. 사흘 만에 주고받는 메시지였다. 사에가 '지금 보건실로 가도 돼?'라고 물었다. 나는 한 손으로 휴대폰을 꾹꾹 눌러 답했다. '내가 갈게. 거기서 기다려.'

다리가 떨려 자꾸만 발을 헛디뎠다. 속이 울렁거리고 목구멍으로 무언가 치밀어 올랐다. 초조한 마음으로 계단을 오르며 여차 하면 도망칠 수 있도록 화장실 위치부터 확인하는 나 자신이 한심해 속으로 거칠게 다그쳤다.

'안 돼. 지금 도망칠 생각을 하면 한 걸음도 나아 갈 수 없어. 토하는 상상, 비웃음거리가 되는 상상 은 집어치워.'

가쁜 숨을 내쉬며 걷는데, 남자애들이 소란스럽 게 옆을 지나갔다. 어깨가 부딪힐 뻔해 움찔 몸을 사렸지만, 아무도 나를 쳐다보지 않았다. 그들의 웃 음소리에서 나를 향한 건 하나도 없었다. 누구도 내 게 관심이 없었다. 그 순간, 문득 깨달았다.

나는 누군가 내 이야기를 들어주길 바랐던 거구 나. 나를 알아봐주기를. 말을 걸어주고 도와주기를. 그래서 학교에 오는 거였어. 마음속으로 온 힘을 다 해 몸부림치고 목이 터질 듯 울부짖으면서도. 그런 데 스스로 숨어버리고 마음을 닫으면 그 절규를 들 어줄 사람은 아무도 없다.

과학실이 어딘지 헷갈려서 두리번거리다 한 여자 애와 눈이 마주쳤다. 2학년이었다. 어디선가 본 듯 한 얼굴에 숨이 멎는 것 같았다.

"괜찮아?" 걱정스러운 얼굴로 묻는 그 애에게 나

는 반사적으로 대답했다.

"과학실이 어디지?" "저쪽이야." 그 애는 복도 끝을 가리키며 웃었다. 조롱도 동정도 아닌, 아주 평범한 미소였다. "고마워." 나직이 인사하고 그 애가 가리킨 방향으로 걸음을 옮겼다.

나는 그동안 대체 무엇을 그토록 겁냈던 걸까. 모르겠다. 내 일인데도 모르는 것 투성이다.

참 이상한 일이었다. 어느새 떨리던 다리도 진정되었고 뒤틀리던 위장도 잠잠해졌다. 뜨거운 무언가가 울컥 치밀어 올라 나는 얼굴에 힘을 꽉 주었다.

과학실 표지판이 보였다. 문이 열려 있어서 조심스레 안을 들여다보았다. 등받이 없는 의자들이 책상 위에 거꾸로 뒤집혀 올려져 있었다. 그 사이에 사에가 보였다. 고개를 푹 숙인 채 아직 올리지 않은 의자에 앉아 있었다.

혼자 있는 그 애의 뒷모습이 보건실에서 홀로 달걀을 까던 내 모습과 겹쳐 보여 쉽게 입이 떨어지지 않았다. 당장이라도 이름을 부르며 미안하다고 말하고 싶은데, 가슴이 아려와 입술만 일그러뜨렸다.

　정신을 차렸을 때, 나는 이미 사에를 향해 달리고 있었다.

　"미안해, 미안해." 추하게 울먹이며 사에에게 매달렸다. 이마에 닿는 사에의 조끼 감촉에 그제야 안도감이 밀려왔다. 기분 좋은 샴푸 향이 부드럽게 나를 감싸주었다. 사에가 내 어깨를 토닥이는 동안 나는 그동안 전하지 못한 말들을 쏟아냈다.

　"미안해. 축하한다고 못해서… 힘내라고 말하지 못해서… 못되게 굴어서 정말 미안해."

　"나츠. 대단하다. 너, 여기까지 왔네."

　사에의 품에서 얼굴을 떼고 눈물범벅이 된 얼굴을 손으로 가렸다. 너무 부끄러워서 고개를 들 수 없었다.

　"네가 더 대단하지." "아니야. 그렇지 않아. 나 사실 엉망진창이야." 사에는 그렇게 말하며 손수건을 건넸다.

　"나도 내 문제를 다 해결한 건 아니야. 나츠 말대로 나 혼자서 잘해나갈 자신도 없어. 그냥, 우연히 계기가 생겼을 뿐이야."

잠시 불안한 침묵 끝에 사에가 말을 이었다.

"나, 9월에 전학 가. 아빠 직장 때문에 이사하게 됐거든."

손바닥 안에서 손수건이 구겨졌다. 비명이 되지 못한 슬픔이 매끄러운 천 속으로 스며들었다. '싫어.' 입술은 그렇게 말했지만 고개를 숙이고 있어 사에에게는 들리지 않았을 것이다.

"그냥 이렇게 사라지고 싶지는 않았어. 이 학교에 다닌 적 없던 것처럼 도망치듯 전학 가는 건 싫었거든. 그래서 마지막만큼은 제대로 교실로 돌아가야겠다고 생각했어. 이유는 그것뿐이야. 그러니까 하나도 대단할 거 없어."

"어디로 가는데?" 겨우 한마디를 내뱉었다.

"시즈오카. 그렇게 멀지는 않아." "문자할게." "응." "편지도 쓰고, 놀러도 갈게." "응."

사에는 내 말에 전부 진심을 담아 고개를 끄덕였다. 예비 종이 울렸다.

"이제 가야겠다."

가지 마. 그 말 대신 나는 작고 힘없는 목소리로

다른 말을 꺼냈다.

"나도… 갈게." "갑자기는 무리야."

사에가 살짝 웃으며 내 머리카락을 쓰다듬었다.

"무리해서라도 갈 거야."

사에는 지금 자신과 힘겹게 싸우는 중이다. 도망친 채로 끝내지 않기 위해서. 그래서 나도 가고 싶었다. 여기가 아닌 곳으로. 네가 있는 곳으로, 네가 싸우고 있는 곳으로. 다시 다리가 떨리고 굳어버릴지 모른다. 시간이 아주 많이 걸릴지도 모른다. 그래도 너에게 진심으로 축하한다는 말을 전하고 싶으니까.

"아, 나츠."

사에는 뭔가를 발견한 듯 손을 뻗어 내 배를 가리켰다.

"달걀 껍데기 붙었어. 거기."

나는 하세베 선생님이 한 말을 떠올렸다. 우리는 살아 있는 한 계속 자란다. 관계도 공간도 점점 커져서 어느 한 곳에만 머물 수 없는 날이 올 것이다. 벽을, 방을, 집을, 그리고 보건실을 뚫고 나갈 날이.

내 배를 내려다보았다. 조그만 달걀 껍데기 하나가 매달려 있었다. 떼어내려 손을 뻗었다가 다시 거두었다.

"괜찮아. 곧 떨어지겠지."

치마 주머니에는 선생님이 건네준 알루미늄 포일로 싼 삶은 달걀이 들어 있었다. 나중에 껍데기를 깨끗하게 까서 사에에게 줘야겠다고 생각했다.

신중히 하면 할 수 있다. 시간은 조금 걸리겠지만, 매끈하게 드러난 흰자가 햇살을 머금고 우리에게 멋진 행운을 가져다줄 것이다.

2. 좋아하는 사람이 없는 교실

　마츠오 선생님이 요점 정리 프린트를 나눠주었다. 설명을 들으면서 판서 내용을 빠짐없이 필기하는 게 서툰 난 이런 프린트가 무척이나 요긴하다. 다만 양이 꽤 많다 보니 제때 정리해두지 않으면 시험 기간에 낭패를 보기 십상이다. 그래서 일주일에 한 번씩 프린트들을 모아 스테이플러로 꼼꼼히 철을 하곤 한다.

　나의 빛바랜 에나멜 보물상자 안에는 잡다한 물건들이 가득하다. 색색의 형광펜과 수정액, 작은 스테이플러와 지워지는 볼펜 같은 것들. 초등학생 때는 친구들과 서로 귀여운 캐릭터 필통을 자랑하곤 했었다. 그런데 언제부턴가 여자아이들이 필통에 펜 대신 반짝이는 립글로스나 부러질 것처럼 가느다란 아이브로우 펜슬을 넣어 다니기 시작했다. 빵빵했던 필통이 어느새 화장품 파우치로 바뀐 것이다. 여자애들은 쉬는 시간마다 화장실 거울 앞에 모여 서로의 파우치를 구경하며 얇게 다듬은 눈썹 위로 조심스레 선을 그려 넣었다.

나는 화장을 해본 적이 없다. 물감 튜브처럼 생긴 립글로스에서 반짝이는 입자가 배어 나오는 걸 보면 부럽기도 하고 호기심도 생기지만, 중학생인 우리에게는 아직 이른 게 아닌가 싶다. 문자로 리츠코에게 물어보니 그쪽 학교에는 그런 애들이 아예 없단다. 교칙이 엄격해서 걸리면 바로 압수라나.

스테이플러를 찍고 난 뒤 프린트를 확인하다가 한 장을 거꾸로 넣은 걸 발견했다. 어휴, 한숨을 내쉬고 단단히 박힌 스테이플러 심 밑으로 손톱을 밀어 넣었다. 쉬는 시간이 끝나가고 있었다. 여자애들은 교실 여기저기에서 무리를 지어 수다를 떨고 있었다. 까르르 교실에 퍼지는 웃음소리를 들으며 나는 조심스럽게 손가락에 힘을 줬다.

리츠코는 문자를 보낸 뒤 바로 전화를 걸어왔다.

우리는 서로 학교생활과 근황을 나누었다. 새로운 교실 분위기가 어떠냐고 묻길래 그럭저럭 괜찮다고 대답했다. 그리고 요즘 친해진 미우 이야기도 보탰다. 영화관 에티켓 광고에 나오는 도둑 캐릭터를 똑같이 흉내 내는, 밝고 유쾌한 아이라고 말이다. "아, 궁금하네. 나도 보고 싶다." 리츠코가 웃었다. 리츠코는 내 성격을 훤히 꿰뚫고 있는 데다 걱정도 많았다. 리츠코의 불길한 예상은 대체로 들어맞는 편이었다.

"모리카와, 뭐 해?"

교실로 돌아온 애들이 말을 걸어왔다. 무리의 중심인 츠카모토에게서는 늘 진한 복숭아 향이 난다.

"프린트 정리하다가 스테이플러를 잘못 찍어서 심 빼고 있어."

내 대답에 "우와, 모리카와 정말 깐깐하네." 하는 반응이 돌아왔다. 나 같았으면 그냥 두거나 아예 빼버렸을 텐데, 귀찮게 그걸 다시 하고 있냐는 말투였다. 애초에 스테이플러 같은 걸 들고 다니는 애가 있긴 하냐며 츠카모토가 덧붙이자 아이들이 킥킥대며 웃었다. 그러고는 내 앞자리에 옹기종기 모여 앉아 다시 저희들만의 이야기꽃을 피웠다.

츠카모토는 필통 대신 화장품이 가득한 파우치를 가방 속에 몰래 넣어 다니는 아이였다. 그 애 주변에 모이는 아이들은 늘 설레는 이야기들을 주고받았다. 몇 반 누구와 3학년 선배가 사귄다더라, 어느 동아리 남자애가 잘생겼다더라, 고백은 어떻게 해야 성공한다더라 하는 말들. 그런 이야기들은 내 손에 있는 프린트 용지처럼 얄팍하면서도 한편으론 손끝을 벨 수도 있을 만큼 날카롭고 따가웠다.

"어머, 아이짱! 좋아하는 사람 생긴 거야? 누구야? 몇 반인데?"

이야기가 무르익을수록 츠카모토 무리는 요란하게 손짓발짓까지 하면서 떠들어댔다. 나는 찌그러진 스테이플러 심을 뽑아내고 프린트 뭉치를 가지런히 정리했다. 이번에는 틀리지 않게 방향을 확인한 뒤, 다시 한 번 힘주어 스테이플러를 찍었다.

중학교 2학년, 4월. 새 학기를 맞은 교실은 낯선 얼굴들 사이 묘한 흥분으로 들떠 있었다. 이번에는 반 운이 별로 좋지 않은 것 같다. 예쁘고 눈에 띄는 여자아이들이 유독 많아서 나처럼 있는 듯 없는 듯 조용히 지내는 애들이나 애니메이션을 좋아하는 애들은 밀릴 수밖에 없었다. 보이지 않는 압박이 목을 조여오는 기분이 들었다.

그 아이들은 입버릇처럼 빨리 남자친구를 만들어야 한다느니, 살을 빼야 한다느니, 더 예뻐져야 한다느니 하는 말들을 달고 살았다. 그러면서 연애에 서툴거나 꾸밀 줄 모르는 아이들을 마치 구제불능의 불쌍한 존재라도 되는 양 바라보았다.

"저기, 모리카와는 좋아하는 사람 없어?"

비밀스러운 목소리로 츠카모토가 내게로 화제를 돌렸다. 궁금증과 호기심, 그리고 은근히 나를 깔보는 마음이 뒤섞인 시선. 나는 그 눈길을 피하며 고개를 숙인 채 미소만 지었다. 내가 입을 떼기도 전에 츠카모토가 말을 이어갔다.

"아, 미안. 모리카와는 모범생이라 이런 거엔 관심 없겠다, 그치?"

리츠코에게 잘 지내고 있다고 한 말은 다 거짓말

이었다. 나는 지금 작은 산소통 하나에 의지해 깊은
물속에서 간신히 숨을 쉬고 있는 기분이다. 언젠가
이 공기가 다 떨어지면 나는 그대로 질식해버리고
말 것이다.

"응, 없어." 사실 그대로 답했다.

손에 든 프린트를 물고 있던 스테이플러가 딸깍
소리를 냈다.

*

좋아하는 사람이 없는 교실은 따분하다. 그렇게
느낄 만큼 반 아이들의 대화에는 늘 연한 복숭앗빛
막이 옅게 드리워져 있었다.

초등학생 때에는 생각지도 못했던 일이다. 남자
친구 손에 조심스레 손끝을 얹거나, 눈을 감고 입
맞춤을 기다리는 순간 같은 건 만화 속에서나 있는
일인 줄 알았다. 하지만 이제 나에게 그런 일이 일
어난다고 해도 하나도 이상하지 않을 나이가 되었
다는 걸, 주변 여자애들의 수다를 들으며 조금씩 실
감하고 있다. 어느새 우리는 사랑을 알아가는 나이

가 된 것이다. 누구에게도 말 못할 비밀에 '설렘'이라는 이름을 붙여 파우치 안에 소중하게 간직하는 나이. 그런 파우치 하나쯤은 당연히 가지고 있어야 하고, 만약 없다면 어딘가 모자란 아이처럼 여겨지는 묘한 분위기가 감돌았다. TV 드라마도, 만화책도 온통 그런 '비밀'을 가진 여자아이들뿐인 것만 같았다.

하지만 누군가를 좋아하는 마음이 정확히 어떤 것인지 나는 아직 잘 모르겠다. 먹어본 적 없는 외국 음식의 맛을 상상할 수 없는 것처럼. 나에게도 동경하는 선배나 마음이 잘 통하는 소꿉친구 같은, 만화 속 주인공 같은 남자애가 곁에 있다면 좋으련만 현실은 늘 기대를 비껴간다.

"모리카와."

수업이 시작되자마자 멍하니 그런 생각에 빠져 있느라 옆자리 기시다가 말 거는 걸 늦게 알아챘다.

"깜빡하고 교과서를 안 가져와서… 같이 좀 보면 안 될까?"

"응. 근데 또 안 가져왔어?"

나는 그를 힐끗 쳐다보며 작게 한숨을 내쉬었다. 미안한 말이지만, 기시다는 내 이상형과는 정반대로 생겼다. 늘 구부정한 자세에 모기만 한 목소리로 웅얼거리고, 안경을 쓴 모습도 전혀 멋지지 않다. 기시다는 교실 구석에서 게임이나 애니메이션을 좋아하는 무리에 섞여 조용히 지내는 아이였다. 2학년이 되면서 새로운 멋진 인연을 기대했건만 하필 이런 애와 짝이 되다니.

내가 교과서를 펼치자 기시다는 책상을 드르륵 끌며 내 쪽으로 바짝 다가와 붙었다. 칠판에 판서하던 다무라 선생님이 그 소리에 어이없다는 듯 한마디 던졌다.

"뭐냐, 기시다. 너 또 책 안 챙겨왔어?"

순간, 교실 안 시선이 일제히 우리 쪽으로 쏠렸다. 뒤를 돌아본 여자애들의 살짝 올라간 입꼬리와 은밀한 속삭임이 느껴졌다. 나는 시선을 떨구고 못 들은 척했다. 나와는 상관없는, 그저 짝꿍이 책이 없다기에 어쩔 수 없이 보여주는 것뿐이니까.

이것이 만약 순정만화였다면 얼마나 좋았을까.

기시다가 만화 속 쿨한 축구부 에이스인데다, 보면 볼수록 매력적인 얼굴에 의외의 다정함을 감춘 주인공이었다면. 하지만 현실은 순정만화가 아니다.

기시다는 나와 초등학교 동창이다. 심지어 3학년과 5학년 때 같은 반이기까지 했다. 그런데도 옆자리에서 재회하기 전까지 난 그 애가 같은 중학교에 다녔다는 사실조차 몰랐다. 그만큼 기시다는 나에게 존재감이 없었다.

선생님은 어느덧 교과서 내용과는 상관없는 이야기를 신나게 늘어놓고 있었다. 가끔 수업 흐름을 끊고 샛길로 새는 선생님의 농담에 남자애들은 낄낄대며 반응했지만, 나에게는 그저 지루한 소음일 뿐이었다. 나는 필통에서 펜들을 꺼내 필기해둔 노트를 알록달록 꾸미기 시작했다. 핑크, 옐로, 블루. 부드러운 형광펜으로 핵심 단어를 칠하고, 바닐라 향이 나는 펜으로 '시험 문제!'라고 꼼꼼히 적었다. 은은하게 바닐라 향이 퍼졌다. 다른 애들은 독한 향수를 뿌려대지만, 나는 이 달콤하고 맛있는 향이면 충분했다.

가만, 교과서 내용과 상관없는 잡담 시간이라면 굳이 자리를 붙이고 있을 이유가 없잖아. 기시다와 내 책상 사이에는 힘없이 걸쳐진 과학 교과서가 놓여 있었다. 무게를 이기지 못해 금방이라도 주르륵 바닥에 떨어질 것만 같다. 나는 기시다가 제자리로 돌아가 주길 바랐다. 힐끗 옆을 보니 기시다는 노트 귀퉁이에 무언가를 끄적이고 있었다. 뻔하지, 낙서겠지. 그런데 만화에 나오는 여자아이 캐릭터였다. 세상에, 완전 오타쿠 같아.

수업이 끝나자마자 나는 얼른 책상 사이에 걸쳐져 있던 교과서를 접었다. 기시다는 누구보다 빠르게 어딘가로 사라져버렸고, 바로 앞자리의 츠카모토가 기다렸다는 듯 만면에 미소를 띠며 돌아보았다.

"모리카와, 기시다랑 같은 초등학교 나왔지? 혹시 기시다가 일부러 그러는 거 아니야?"

"일부러라니?" 되물으면서도 솔직히 그다음 말은 듣고 싶지 않았다. 그 애의 표정에서 불길한 예감이 확 밀려왔기 때문이다.

"기시다가 네 관심 끌려고 일부러 놓고 오는 거

같아서. 걔가 너 좋아하는 거 아냐?”

화사한 글자들이 꽃밭처럼 피어난 노트를 덮으며 나는 츠카모토의 농담에 억지로 웃음을 지어 보였다.

“에이, 말도 안 돼. 이상한 소리 하지 마, 진짜.”

“왜 그래. 차라리 그냥 사귀는 건 어때? 둘이 은근히 잘 어울리는데.”

*

사귀라니, 도대체 어디가 어울린다는 거야. 나는 볼일이 있는 척 일어나 교실을 빠져나왔다. 츠카모토의 시야에서 한시라도 빨리 벗어나고 싶었다.

5교시 수업이 끝난 복도는 동아리 활동을 하러 가거나 귀가하는 아이들로 왁자지껄했다. 나는 딱히 갈 곳도 없이, 등 뒤에서 쏟아지는 대화 소리를 떨쳐내듯 걸음을 재촉했다. 복도 모퉁이를 돌아서자 반쯤 열린 창문이 나타났다. 중앙 정원을 내려다볼 수 있어 평소 남자애들이 바람을 쐬러 자주 모이는 곳이지만, 지금은 주변 교실들이 비어 있어 인적 없이 고요했다.

나는 차가운 금속 창틀에 몸을 기댄 채 깊게 숨을 쉬었다. 창밖으로 뿌옇게 흐린 하늘이 보였다. 그냥 그 자리에서 화를 낼 걸 그랬나. 하지만 츠카모토 같은 부류와는 웬만하면 척지고 싶지 않았다. 그런데 어떻게 그런 무례한 말을 아무렇지 않게 할 수 있지. 일부러 그러는 건가. 아니면 정말 악의 없는 장난인 걸까. 만약 후자라면 너무 무신경한 것 같은데.

문득 근처를 보니 표지판 글씨가 다 지워진 빈 교실 하나가 보였다. 열린 문틈으로 어둑한 교실 안이 들여다보였는데, 스며드는 희미한 햇살 속에 누군가의 형체가 어렴풋이 보였다. 창가 맨 뒷자리에 앉아 몸을 푹 숙인 채 무언가에 몰두하는 실루엣. 특유의 구부정한 자세가 왠지 눈에 익었다. 기시다였다.

나는 주위를 살펴 아무도 없는 것을 확인하고 교실 안으로 들어갔다. 좋아, 지금이 기회다. 따끔하게 한마디 해줘야지. 기시다는 내가 가까이 다가갈 때까지도 전혀 낌새를 채지 못했다. 무언가에 완전히 몰입한 채 펜을 놀리고 있었다.

"뭐 그리는 거야? 만화?"

기시다가 펜을 멈추고 무거운 듯 천천히 고개를 들어 나를 올려다보았다. 노트에 그려진 것은 한눈에 봐도 만화였다. 밑그림 단계인 듯했지만, 샤프로 휘갈긴 칸들의 배치가 절묘했고 인물과 배경의 묘사가 무척이나 세밀했다. 나도 모르게 '우와' 하는 탄성이 나올 만큼 진짜 만화 같은 구성이었다.

"그냥 연습하는 거야. 낙서지 뭐."

기시다가 특유의 작은 목소리로 웅얼거렸다.

"이게 연습이라고?"

나는 책상 옆에 서서 노트를 정면으로 들여다보았다. 내가 사서 보는 순정만화 연재작 중에도 이보다 못한 그림체가 꽤 있었다. 기시다는 노트를 굳이 숨기려 하지 않고 담담하게 말을 이었다.

"연습이니까 노트에 그리지. 제대로 하려면 원고용지에 그려야 해." "와, 너 꽤 본격적으로 하는구나."

그러고 보니 이 아이, 초등학생 때부터 그림을 잘 그렸던 것 같다.

"그냥 문득 떠오른 장면을 그려본 거라서 별다른 스토리는 없어. 다른 페이지는 전혀 다른 내용이야."

기시다가 노트를 휘리릭 넘기자 줄 없는 하얀 페이지마다 샤프 자국이 선명한 캐릭터들이 쏟아져 나왔다. 사실적인 정물 데생부터 귀여운 캐릭터, 소년 만화 속 캐릭터까지, 실력이 상상 이상이었다.

"진짜 잘 그린다!" 나도 모르게 진심 어린 감탄이 나왔다. 인물의 비율을 자유자재로 바꾸고 손끝 하나하나까지 꼼꼼하게 살려내는 건 어지간한 실력이 아니고서는 불가능한 일이다. 나는 손을 잘 그리지 못해 뒷짐 진 모습으로 그리곤 했다.

"아무거나 다 그릴 수 있어?" "뭐, 웬만한 건."

기시다가 쑥스러운 듯 고개를 숙였다.

"모리카와, 네가 원하는 걸 말해봐. 아마 그릴 수 있을 거야." "정말?"

순정만화 캐릭터는 잘 모르겠지 싶어 잠시 고민하다 휴대폰 스트랩을 보여주었다. 테디베어 캐릭터 '부프'였다.

"걔 이름이 부프였구나. 네 필통도 그 캐릭터 아닌가?"

"맞아. 내가 엄청 좋아하거든. 동물인데 그릴 수

있어?” “아마도.”

기시다는 곧바로 펜을 움직이기 시작했다. 쓱쓱 캐릭터의 윤곽을 잡고 눈과 코를 배치하는 모습이 마치 노트에 생명을 불어넣는 것 같았다. 눈 깜짝할 사이에 귀여운 테디베어가 완성되었다.

“우와, 진짜 빠르다.”

단순해 보여도 이런 캐릭터들은 눈의 위치가 단 몇 밀리미터만 어긋나도 금세 짝퉁처럼 보인다. 기시다는 잠깐 본 특징을 정확히 잡아내 생생하게 살려냈다. 그림 실력만큼이나 관찰력이 대단했다. 내가 더 가까이 고개를 숙여 들여다보자, 기시다가 살짝 당황한 기색을 보였다. 얼굴이 너무 가까워진 탓에 그림 위에 그림자가 생겨 방해했는지도 모른다.

“비슷해?” “응, 완전 똑같아! 다른 것도 부탁해도 돼? ‘루팡 3세’ 같은 거.”

기시다가 풉, 하고 웃음을 터뜨렸다.

“그릴 수 있지. 근데 왜 하필 루팡이야?” “몰라. 그냥 갑자기 떠올랐어. 금요 로드쇼에서 자주 하잖아.”

기시다는 이번에도 힘차게 펜을 움직였다. 아까

보다는 조금 어려운지 간혹 망설이듯 샤프 끝이 흔들리긴 했지만, 서서히 윤곽이 드러나기 시작하자 나는 웃음을 터뜨리고 말았다. 기시다가 그린 이미지는 루팡이 바지를 벗고 뛰어드는 우스꽝스러운 단골 장면이었다.

"왜 하필 이 장면을 그렸어?" "인상적이잖아. 근데 별로 안 비슷한 것 같기도 하고."

"아냐, 진짜 똑같아! 특히 이 다리털 디테일 좀 봐." "포인트가 거기냐⋯."

우리는 한참 동안 교실 한구석에서 함께 깔깔거렸다. 기시다가 토토로와 메이도 그려주었는데, 토토로는 완벽했지만 메이는 조금 별로였다. 미야자키 하야오의 캐릭터들 표정은 그리기 어렵다며 기시다가 머쓱하게 웃었다.

"난 사다모토 요시유키의 캐릭터가 더 좋아. 〈시간을 달리는 소녀〉나 〈썸머 워즈〉 같은 거."

본 적은 없지만 제목은 들어본 영화들이었다. 나중에 꼭 봐야지 생각하며 마음속에 이름을 담아두었다.

"정말 대단하다. 어떻게 이렇게 잘 그려?" "그냥 무작정 그렸어." 기시다가 고개를 숙인 채 펜 끝에 집중하며 대답했다.

"좋아하는 캐릭터가 있어서. 내 손으로 그 애한테 내가 원하는 표정을 짓게 하고 싶었거든. 그래서 그냥, 계속 그렸어." "그렇구나. 어떤 캐릭터인데?"

그 질문에 기시다는 말끝을 흐리며 슬쩍 나를 쳐다보고는 시선을 돌렸다. "그건 비밀이야."

기시다는 대답하지 않았다. 나는 물어보고 나서야 어렴풋이 짐작이 갔다. 기시다는 초등학생 때부터 늘 애니메이션 스타일의 여자아이를 그렸었다. 그 시절 아이들은 그런 기시다를 보며 '오타쿠'라느니, '2D랑 연애하느냐'느니 하며 징그럽다며 속닥거렸다. 나도 그런 말에 맞장구를 치며 기시다를 음침하고 이상한 애로만 치부했었다.

"나도 내가 좋아하는 캐릭터를 직접 그릴 수 있으면 좋겠다."

나는 미안한 마음을 담아 위로하듯 말하고는 벽시계를 올려다보았다. 그새 시간이 꽤 지나 있었다.

그제야 내가 왜 이 교실에 들어왔는지가 떠올랐다. 기시다에게 단단히 주의를 줄 참이었다. 민폐니까 제발 교과서 좀 잘 챙겨 다니라고.

*

여자아이들의 키득거리는 웃음소리는 폭풍을 예고하는 술렁임과 닮아 있다. 아침, 교실 문을 열자 나를 향해 끈적하게 들러붙는 시선들이 느껴졌다. 정체를 알 수 없는 이 이질감이 무엇인지는 내 책상에 가까이 가자 바로 알 수 있었다. 앞자리의 츠카모토가 기세등등하게 뒤를 돌아보더니, "어머, 무서워라. 누가 이런 짓을 했지?"라며 입꼬리를 올리며 중얼거렸다.

나는 기가 막혀서, 속이 뻔히 보이는 연기를 하며 웃는 그 애의 얼굴을 빤히 노려보았다. 이런 건 만화 속에서나 일어나는 유치하고 한심한 짓인 줄 알았다. 책상을 멋대로 붙여놓는 것도 모자라 칠판에는 우산 하나를 같이 쓴 남녀의 그림이 크게 그려져 있었다.

나는 가만히 아이들을 바라보았다. 다들 나를 보며 키득키득 웃거나, 민망한 듯 고개를 돌리거나 눈치를 살폈다. 남자애들의 반응도 크게 다르지 않았다. 왜 이런 짓을 하는 거야. 대체 무슨 목적으로. 나는 책상을 떼어 원래 자리로 돌려놓은 뒤 칠판 앞으로 걸어갔다. 흰색 분필뿐만 아니라 붉은색 분필로 정성껏 색칠까지 한 우산 아래, 적힌 이름을 보았다.

[모리카와 ♡ 기시다]

우산 옆으로는 화살표가 뻗어 나와 ‘천생연분’, ‘찐따들’, ‘오타쿠 커플’ 같은 말들이 여자아이 특유의 필체로 적혀 있었다. 얼굴이 화끈거렸다.

나는 칠판지우개를 집어 들고 몇 번이고 팔을 휘둘렀다. 도무지 이해할 수 없었다. 내가 왜 이런 취급을 받아야 하는 거지. 어쩌다 보니 기시다의 옆자리에 앉았고, 어쩌다 보니 교과서를 좀 보여준 것뿐인데. 얼마나 꽉 눌러 썼는지 지우개질을 여러 번 해도 붉은 분필 자국은 깨끗하게 지워지지 않았다.

평소 조용한 요시다가 칠판으로 다가오더니 작은

목소리로 물었다. "모리카와, 기시다랑 진짜 사귀는 거야? 어제 츠카모토랑 애들이 너희 둘이 빈 교실에 있는 걸 봤다던데…."

내가 발끈해서 노려보자 요시다는 겁먹은 듯 제자리로 도망쳤다. 츠카모토 무리는 저희끼리만 들릴 만한 목소리로 무언가를 속삭이며 웃음을 터뜨렸다. 그러다 나와 눈이 마주치자, 츠카모토가 교실 전체에 울릴 만큼 큰 소리로 말했다.

"잘 어울려! 예쁜 사랑하세요!"

그제야 깨달았다. 나는 장난감이 된 것이다. 따분함에 몸을 비트는 아이들이 잠깐 재미 삼아 가지고 노는 그런 소모품.

그 아이들은 반짝이는 사랑을 찾느라 바쁜 나날을 보내면서도, 여전히 메워지지 않는 지루함이 있는 모양이다. 그래서 자신들과는 조금 다른 부류인 나를 끌어내어 구경거리로 삼는 것이다. 아마 저희들끼리는 견고한 유대가 있어 서로를 공격하지 않겠지. 내가 츠카모토 무리와 좀 더 비굴하게라도 친해졌더라면 이런 일은 없었을까.

나도 학교에 좋아하는 사람이 있었다면 나았을까. 남들처럼 사랑에 빠진 척이라도 했더라면 이런 일은 피할 수 있었을까. 주체할 수 없는 분노로 얼굴이 타오르는 것 같으면서도, 한편으로는 '이건 그냥 장난이지?'라고 애원하고 싶은 내가 보였다. 다들 이번 한 번으로 끝낼 거지? 내일도 모레도 이런 짓을 계속하지는 않을 거잖아.

내 자리로 돌아가던 중 미우와 눈이 마주쳤는데, 그 애는 어색한 표정으로 고개를 돌렸다. 친구라고 믿었는데…. 나는 뻣뻣하게 굳은 다리를 움직여 책상 앞에 앉았다. 목구멍까지 차오른 말을 외치고 싶었다.

너희들, 이거 장난이지? 나 정말 아무 사이도 아니란 말이야. 기시다라니, 진짜 말도 안 돼! 걔는 오타쿠에 존재감도 없는 음침한 애잖아. 내 스타일도 아니고 관심도 없단 말이야! 나도 기시다를 욕했어. 너희들처럼 뒤에서 수군거리고 징그럽다면서 같이 웃었다고. 그러니까 제발 나를 장난감 취급하는 건 그만둬. 비겁한 항변이 마음속에서 소용돌이쳤다.

그때 교실 문에 기시다가 나타났다. 아무것도 모르는 표정으로 느긋하게 걸어 들어오는 그 애를 보자 심장이 덜컥 내려앉았다. 츠카모토 무리가 기시다에게 말을 걸면 어떡하지? 기시다가 그 말을 듣게 된다면? 칠판에 남은 흔적을 알아본다면?

아무런 생각도 할 수 없었다. 머릿속이 새하얗게 되어 나는 도망치듯 교실 밖으로 뛰쳐나갔다.

*

교실의 갑갑함은 깊은 바닷속의 그것과 같아서 발버둥칠수록 몸은 더 깊이 가라앉을 뿐이다. 여자애들이 몰고 온 폭풍은 하루로 끝나지 않았고, 내가 붙잡고 있던 산소통도 이제 바닥을 드러내고 있었다. 어떤 방식으로 이 상황에 맞서야 할지 도무지 알 수 없었다.

매일 아침 등교할 때마다 기시다의 책상과 내 책상은 보기 싫게 붙어 있었다. 책상 위에는 온갖 낙서들이 휘갈겨져 있었다. 누가 그랬는지 범인을 찾아보려 두리번거려도, 돌아오는 건 은밀하고 악의적인 킥킥거림뿐이었다. 쉬는 시간에 잠시 나갔다 돌아오면 내 교과서와 필통은 어김없이 기시다의 책상 서랍 속에 처박혀 있었다. 아이들은 더 이상 나와 대화할 생각이 없어 보였다. 츠카모토 무리뿐만 아니라 평소 친하게 지냈던 아이들마저 나를 외면했다. 아마 저들도 똑같이 타깃이 될까 봐 두려운 거겠지. 교실에서 쌓은 우정이라는 것이 고작 그런 사소한 공포에 무너질 만큼 연약하고 얄팍하다는 사실이 뼈저리게 아팠다.

다들 금방 질릴 거야. 스스로를 다독이며 버텼지만, 이 인내의 끝이 어디인지는 알 수 없었다. 과학 실험 조같이 기시다와 무언가를 함께해야 할 때면, "두 분 보기 좋네요. 결혼은 언제 하세요?" 같은 조롱이 사방에서 쏟아졌다. 그럴 때면 기시다는 미안하다는 듯 어깨를 움츠린 채 내 눈치를 살폈다. 나는 기시다와 말 한마디 섞지 않으려 애썼다. 눈길조차 주지 않았다. 그래야만 영원 같은 이 일주일이 끝이 날 것만 같았다. 그래서 국어 시간에 선생님이 낭독 순서로 기시다를 지목할 때까지 몰랐다. 그 애가 정신없이 노트에 무언가를 그리고 있었다는 사실을. 지루하고 나른한 오후 수업, 나 역시 하품을 참으며 졸음과 싸우던 참이었다.

"기시다, 뭐 해?"

선생님의 굵직한 목소리에 힐끗 옆을 보았다. 기시다는 제 이름이 불리자 그제야 펜을 멈추고 허둥지둥 교과서를 펼쳤다. 하지만 어디를 읽어야 할지 몰라 당황한 기색으로 교과서만 뚫어지게 쳐다보고 있었다. 나는 고개를 숙인 채 그저 시간이 흘러가기만을 기다렸다. 평소 같았으면 손가락으로 슬쩍 짚어주었을 텐데. '여기야'라고 입 모양으로라도 살짝 보여주면 되었을 텐데.

기시다의 시선이 느껴졌지만, 나는 끝내 모르는 척 고개를 들지 않았다. 여자애들은 선생님 몰래 눈빛을 교환하며 낄낄거렸다.

"뭐 하냐니까, 기시다. 내 말 안 들려?"

선생님의 목소리가 높아질수록 내 심장도 터질 듯이 뛰었다. 숨을 쉬는 것조차 괴로웠다. 이건 네 잘못이야. 수업 시간에 집중 안 하고 그림이나 그리니까 이런 일이 생기는 거라고. 자업자득이야. 내가 널 도와야 할 이유는 없어. 비겁한 목소리가 내면에서 울려 퍼졌다.

수업이 끝나자마자 도망치듯 나가려는데, 츠카모토 무리의 대화가 발목을 잡았다.

"오늘은 부인이 안 도와주네." "웬일이래? 벌써 권태기?" "헐, 큰일이다. 이혼 위기 아냐?"

이제는 정말 한계였다. 더 이상 버틸 재간이 없었다. 내가 어떻게 저항하든, 어떤 행동을 하든 저들은 제멋대로 왜곡하고 비웃을 것이다. 정말이지 답이 보이지 않는 막다른 길이었다. 이제는 어쩔 수 없다.

초등학교 동창이라는 건 하교 방향이 같다는 뜻이기도 하다. 나는 가방을 품에 꼭 안은 채 터덜터덜 걸었다. 곁에서 같이 걸어줄 친구는 없었다. 저만치 앞서, 구부정한 자세로 느릿느릿 걷는 기시다의 뒷모습이 보였다. 나는 숨을 죽이고 조용히 그 애를 앞질러 가려 했다. 그때였다.

"모리카와!"

나를 불러 세우는 목소리. 돌아볼까 말까 망설이다 결국 발걸음을 멈췄다. 기시다가 내 쪽으로 달려왔다. 하지만 먼저 불러 세워놓고도 좀처럼 입을 떼지 못했다. 우리는 누군가 보고 있지는 않은지 확인하며, 말없이 나란히 걷기 시작했다.

"할 말 있어?"

최대한 덤덤하게 물으려 했지만, 입 밖으로 나온 말은 가시 돋친 듯 뾰족했다. 기시다는 고개를 숙인 채 몇 걸음을 더 옮기더니, 땅이 꺼질 듯 작은 소리로 말했다.

"미안해. 나 때문에 괜히…."

그 애가 잘못한 게 아니라는 걸 알면서도 왠지 몰아붙이고 싶었다. 비난하고 소리치고 싶었다. 너 때문이야. 이게 다 너 때문이라고! 네가 그날 빈 교실에서 그림만 안 그렸어도, 네가 오타쿠 같은 그림만 안 그렸어도 이런 일은 없었을 거라고 말이다. 눈물이 왈칵 쏟아질 것 같아 숨을 깊게 들이마셨다.

"별거 아니야. 신경 쓰지 마. 츠카모토 걔들이 멋대로 떠드는 것뿐이니까. 신경 쓴다고 뭐가 달라지겠어? 아니면… 진짜로 사귈래?”

나는 이 형편없는 농담이 어색한 공기를 바꿔주길 바랐다. 츠카모토 무리의 장난 따위 전혀 개의치 않는다는 걸 보여주고 싶었다.

그래, 우리 진짜 사귀어. 그러니까 제발 그만해.

차라리 태연하게 굴면 저 고약한 장난을 멈출까. 투박한 필통이 아니라 예쁜 파우치를 가방에 숨겨두고, 쉬는 시간마다 화장실 거울 앞에서 여자애들과 수다를 떨었더라면 나았을까. 좋아하는 아이가 누구네, 누가 잘생겼네 하는 대화 속에 나도 섞였더라면….

좋아하는 사람이 없는 교실은 답답하다. 아무리 힘들어도 곁에 누군가 있다면 버틸 힘이 생길 텐데. 설령 짝사랑이라 하더라도 누군가를 좋아하게 되면 그 마음이 방패가 되어 이 부당한 상처들로부터 나를 지켜줄 텐데. 하지만 나는 좋아하는 사람이 없다. 없으니까 저들과 같은 방식으로 행동할 수도 없다.

눈을 제대로 뜰 수 없었다. 조금이라도 마음을 늦추면 끓어오르는 뜨겁고 탁한 감정들이 눈물이 되어 터져 나올 것 같았다.

"아니면, 진짜로 사귈래?"

나의 서글픈 농담에 기시다는 웃지 않았다. 대신 이렇게 말했다.

"그런 건 싸우는 방식이 아니야." "뭐…?" "자신을 속여가며 남들에게 맞추려 해봤자, 아무것도 해결되지 않아." "무슨 말을 하는 거야, 대체."

나는 소매로 눈물을 닦아냈다. 사랑에 빠진 여학생이라면 소매에 반짝이는 펄 가루나 화장품 자국이 묻어났겠지만, 내 소매에는 오직 축축한 물기뿐이었다.

"잘 가." 그 말밖에는 할 수 없었다.

다음 날, 나는 학교에 가지 못했다. 배가 아파서, 현관 밖으로 한 걸음도 내디딜 수 없을 만큼 배가 너무나도 아팠다.

*

엄마는 나를 병원에 데려가려 했지만, 자고 나면 금방 나을 거라는 내 고집에 못 이겨 마지못해 방을 나갔다.

평소처럼 교복을 입고 현관에 걸터앉아 신발을 신으려던 참이었다. 갑자기 몸 안의 핏기가 가시는 듯 온몸의 힘이 쭉 빠져나갔다. 일어설 수가 없었다. 가방 손잡이를 잡으려던 손가락이 가늘게 떨렸다.

"왜 그래? 어디 아파?"

엄마가 창백해진 나를 보며 다급하게 물었다. 괜찮다고 말하려 했지만, 차라리 이대로 쓰러져버렸으면 좋겠다고 생각했다. 그러면 학교에 가지 않아도 된다. 츠카모토 무리에게 웃음거리가 되지 않아도 되고, 나를 보며 미안해하는 기시다를 보지 않아도 된다. 미우나 다른 친구들이 오늘은 말을 걸어주지 않을까 하는 헛된 기대를 품지 않아도 된다. 그 생각을 하면 할수록 배가 뒤틀려 몸을 움직일 수 없었다. 숨을 쉬는 것조차 버겁고, 모든 일이 다 부질없게 느껴졌다. 결국 감기 기운이 있는 것 같다며 둘러대고 도로 방으로 들어갔다.

"오늘은 아파서 학교 쉴게요."

이 거짓말은 다음 날에도, 그 다음 날에도 이어졌

다. 날이 갈수록 엄마의 표정은 어두워졌고, 병원에 가자는 재촉이 심해졌다. 하지만 병원에 가면 꾀병이 들통날 테고, 학교에 가지 않으려는 이유를 엄마에게 전부 털어놓아야 한다.

거짓말이 쌓일수록 엄마는 시름에 잠겼고 내 죄책감도 커졌다. 하지만 내가 학교에서 겪는 그 비참함을 도저히 입 밖으로 꺼낼 수는 없었다.

이불 속에서 몸을 웅크린 채, 모두가 내 존재를 잊어버리기를 기도했다. 차라리 이대로 병에 걸렸으면 좋겠다고 생각했다. 그러면 거짓말을 할 필요도 없고, 현실에서 도망치려 억지로 잠을 청하는 구차한 짓도 하지 않아도 될 테니까.

학교를 쉰 지 나흘째 되던 날이었다. 엄마가 부르는 소리에 눈을 떴을 때, 커튼을 닫은 방 안은 이미 어둠이 짙게 깔려 있었다. 학교에 가지 않는 동안 나는 하루의 대부분을 잠으로 흘려보냈다. 만화책을 읽으며 공상의 세계로 도망치려 해도 츠카모토 무리의 속삭임이 불쑥불쑥 현실의 틈새를 비집고 들어왔다.

이대로 괜찮은 걸까. 이 문제는 언제쯤, 어떻게 끝이 날까. 미뤄두었던 의문들이 끊임없이 흘러넘치는 바람에 머릿속은 복잡한 생각들로 뒤엉켰다. 꿈속에서도 마찬가지였다. 나는 캄캄한 밤하늘을 끝없이 떠다녔다. 지쳐서 착지하고 싶어도 방법을 몰랐다. 언제 추락할지 모른다는 공포 속에서도 스스로는 내려올 수 없는 비행이었다.

"나코."

계단을 올라오는 엄마의 목소리가 들렸다. 시계를 보니 벌써 6시가 지나 있었다. 이윽고 노크 소리와 함께 방문이 열렸다.

"친구가 프린트물을 가져왔어."

나는 이불 속에서 느릿느릿 몸을 일으키며 되물었다. 프린트? 누구지?

"저녁 먹자. 몸은 좀 어때? 열은 없니?"

엄마는 프린트 뭉치를 건네주며 물었다. 나는 괜찮다고 대답하면서 프린트 뭉치를 멍하니 내려다봤다. 엄마가 방 불을 켜며 말을 이었다.

"우편함에 들어있었어. 친구가 가져다준 거 아니

니?"

엄마가 나가고 나는 한 장씩 종이를 넘겨보았다. 그동안 빠진 수업 자료들이 과목별로 잘 분류되어 묶여 있었다. 누구지? 선생님 심부름인가? 어쩌면 미우였을지 몰라. 일부러 집까지 가져다준 걸 보면, 내가 당분간 학교에 오지 못할 거라 생각한 거야.

종이를 넘기다 지우개 가루 같은 것이 후드득 떨어져 손을 멈췄다. 맨 마지막에 끼워져 있는 종이는 다른 유인물과 질감이 확연히 달랐다. 나는 마음이 급해져 앞장들을 한꺼번에 넘겼다. 그리고 거기에 나타난 것을 본 순간, 나도 모르게 피식 웃음이 터져 나왔다. 정말 오랜만에 터진 웃음이었다.

종이 위에는 만화 〈루팡 3세〉의 지겐 다이스케 (루팡을 돕는 파트너이자 저격수)가 부프 인형을 꼭 껴 안고 누워 있는, 말도 안 되게 엉뚱한 그림이 그려 져 있었다. 연필로 정성껏 그려 넣은 부드러운 곡선 들이 묘한 생동감을 만들어냈다. 모자 아래로 보이 는 지겐의 눈매가 너무 멋있어서 그가 안고 있는 앙 증맞은 인형과는 도무지 어울리지 않았다. 이 황당

한 조합이 너무나 기시다다워서 한참을 웃었다.

'뭐야, 기시다였구나!'

그림을 바라보며 침대에 다시 드러누웠다. 일러스트가 그려진 종이가 한 장 더 있는 것 같았다. 나는 '소녀 취향 지겐'을 뒤로 넘겼다. 그리고 다음 장에 펼쳐진 세계를 마주하며 멍하니 생각에 잠겼다. 꿈에서도 해결할 수 없었던 불안한 마음이 가라앉는 기분이었다.

나는 무엇을 원하는 걸까.

이대로 아무 일 없던 교실로 돌아갈 수 있다면 좋겠다고 생각한 적이 있다. 츠카모토와 다시 잘 지내고, 필통 대신 예쁜 파우치를 들고 다니며 그 아이들의 공기에 자연스럽게 녹아든 일상. 강한 쪽에 붙어 표적이 되지 않는다면 이 지옥 같은 시간도 끝나지 않을까 싶었다.

"그런 건 싸우는 방식이 아니야."

기시다는 그렇게 말했다. 자신을 속여가며 남에게 맞추는 건 진정한 해결책이 아니라고.

그랬다. 기시다는 맞서고 있었다. 거짓을 말하지

않고 자기만의 방식으로 싸우고 있었던 것이다. 아이들이 무슨 뒷말을 하든, 징그럽다느니 만화 캐릭터와 연애한다느니 비웃어대도 기시다는 한 번도 아니라고 변명하지 않았다. 그저 묵묵히 자신이 좋아하는 그림을 그렸다. 거짓말하지 않고, 자신의 진심을 끝까지 밀고 나갔다.

자신을 속이며 남들에게 맞추는 건, 어쩌면 스스로에게 패배를 선언하는 일인지도 모른다. 적어도 기시다는 멈추지 않았다. 그저 좋아하는 캐릭터가 있어서, 그에게 원하는 표정과 동작을 선물해주고 싶어 펜을 들었을 뿐이다. 그 순수한 마음이 기시다의 손끝에 힘을 실어준 것이다.

이제 교실에서 아이들이 뭐라고 하든 상관없다. 애초에 우리는 우연히 가까운 곳에서 태어났다는 이유만으로 한 교실에 얽혀 있는 것뿐이니까. 나를 속여가면서까지 그런 얄팍한 관계를 지키고 싶지는 않다.

기시다가 하얀 종이에 그려 넣은 세계를 가만히 들여다보았다.

한 여자아이가 서 있었다. 부드러운 선으로 창조된 은은하고 아름다운 풍경. 내가 좋아하는 그림체였다. 어쩌면 이것이 기시다가 보는 진짜 세상일지도 모른다는 생각이 들었다. 좁고 가느다란 골목길이 저 멀리까지 이어져 있고, 청량한 여름의 공기가 느껴지는 거리, 그 길 한복판에 원피스를 입은 여자아이가 서서 나를 가만히 바라보고 있었다. 어딘가 쓸쓸하면서도 다정하게 감싸안아주는 듯한, 깊은 바다를 닮은 눈동자.

이 아이는 왜 길 한가운데 홀로 서 있는 걸까. 그림을 보며 한참을 생각했다. 하지만 해답은 이미 알고 있었다. 이 아이는 나를 기다리고 있었던 것이다.

*

현관을 나설 때, 엄마는 몹시 걱정스러운 얼굴이었다. 몇 번이나 차로 데려다주겠다고 하는 걸 거절하고 집을 나섰다. 괜히 눈에 띄고 싶지 않아서였다.

어느새 5월로 접어들었지만, 아침 공기는 아직 선선했다. 무릎 사이를 스쳐 지나가는 바람이 치맛자락을 흔들며 서두르라고 나를 재촉하는 것 같았다. 가끔 가슴이 답답해져 배를 감싸안은 채 천천히 복도를 걸었다. 숨 쉴 때마다 폐 속의 산소가 부족한 기분이 들어 몇 번이나 마른 기침을 했다. 수면 위로 겨우 얼굴을 내밀어 숨을 고르는 잠수부처럼, 나는 몇 걸음마다 멈춰 서서 숨을 고르며 조금씩 교실을 향해 나아갔다.

교실 문을 열고 얼굴을 비추자, 아이들이 작게 웅성거렸다. 다행히 내 책상은 원래 위치에 놓여 있었고, 요란했던 낙서도 지워져 있었다. 장난감이 사라지자 아이들의 관심은 벌써 다른 화제로 옮겨간 모양이었다. 나는 츠카모토 무리의 시선을 애써 무시하며 내 자리로 걸어갔다.

당당하자. 겁먹을 이유도, 누군가의 눈치를 볼 필요도 없어.

좋아하는 사람은 없다. 아직 누군가를 열렬히 사랑해본 적도 없다. 어쩌면 나는 다른 아이들과는 조금 다른 궤도를 걷고 있는지도 모른다. 하지만 그게 뭐 어때서.

자리에 앉아 있던 기시다가 나를 힐끗 쳐다보았다. 하지만 아무 말도 하지 않았다. 곧이어 마츠오 선생님이 들어오고 조례가 시작되었다. 이제 곧 평소와 다름없이 수업이 시작될 것이다.

나는 교과서를 펼치고, 결석한 날짜만큼 텅 비어 있는 노트를 가만히 내려다보았다. 선생님은 프린트를 나눠주며 반듯한 글씨로 판서를 이어갔다.

어쩌면 이 교실에서 느끼는 불편함은 쉽게 사라지지 않을 것이다. 또다시 아이들의 놀림감이 될 수도 있고, 편안하게 숨 쉬는 법조차 잊어버리는 순간이 다시 찾아올지도 모른다. 하지만 너희가 어떻게 생각하든 이제 상관없다. 나 자신에게 거짓말하지 않기 위해서. 나를 기다려주는 누군가가 있다면, 나는 그곳을 향해 기꺼이 걸어갈 것이다.

나는 책상을 꽉 붙잡고 바닥을 긁는 소리가 나지 않게 조심스레 앞으로 끌어당겼다. 여자애들의 시선과 은밀한 속삭임이 등 뒤에서 느껴진다.

나는 여전히 사랑을 모른다. 좋아하는 사람도 없다. 화장품 파우치 대신 뚱뚱한 필통을 가방에 넣고 다닌다. 그 안에는 색색의 펜들이 가득 들어 있다.

"있잖아, 노트 좀 보여줘."

지금까지 내가 몇 번이나 교과서를 보여줬으니, 이 정도 부탁은 괜찮겠지.

선생님이 또다시 지루한 이야기를 시작하면, 이번에는 내 노트 귀퉁이에 그림을 잔뜩 그려줘. 네 공책이 아니라, 바로 내 공책에. 걱정 마. 이 필통 안에는 그림을 그릴 수 있는 도구들이 아주 많이 들어 있으니까.

3. 죽고 싶은 노트

비 오는 날이 좋다. 내가 우울의 늪에 깊이 잠겨 있어도, 신이 그런 나를 조용히 품어주는 것 같은 기분이 든다.

이른 아침 교실에는 나 혼자밖에 없다. 비에 젖은 유리창을 바라보니 밖이 어두워 내 얼굴이 비쳤다. 피곤하고 무표정한 얼굴. 조용하다 못해 적막한 교실은 찬 공기로 인해 서늘하게 얼어붙은 듯하다. 차가운 기운이 타일 바닥 틈새를 타고 서서히 온몸으로 기어오른다. 발목을 타고 종아리로, 다시 허벅지로 파고들어 몸을 웅크렸다.

손끝이 얼어 호 입김을 불어넣었다. 입술이 건조해서 만져보니 표면이 거칠거칠 일어났다. 립밤을 꺼내 발랐더니 립밤 끝에 긁힌 자국이 남았다. 날씨가 춥고 난방 때문인지 자꾸만 입술이 트고 딱지가 생겼다.

창밖에 추적추적 내리는 비가 꼭 내가 우울해도 괜찮다는 허락처럼 느껴진다. 나는 이 우울함이 당연한 이유를 끊임없이 찾아 헤매는 중이다.

시계를 보니 아이들이 등교하기까지는 아직 시간이 좀 남아 있다. 나는 베이지색 수첩을 꺼내 책상 위에 펼쳤다. 조그만 자석이 붙어 있어 겉표지를 여닫을 수 있는 저렴한 시스템 다이어리다. 자석의 감촉을 확인하듯 수첩을 몇 번이고 열었다 닫았다 만지작거렸다. 중학생 소녀의 비밀을 봉인하기에 딱 알맞은 강도다. 잡아당기듯 끌려오는 자력을 무심하게 툭 떼어낼 때, 손끝에 전해지는 미세한 저항감이 묘하게 기분을 좋게 했다.

수첩을 열고 아무것도 적히지 않은 빈 페이지를 찾아 넘겼다. 샤프로 천천히 글씨를 써 내려갔다. 첫 문장은 이미 정해두었다.

아빠 엄마, 죄송해요.

글씨가 단정하게 쓰여서 만족하며 다음 줄로 넘어갔다.

제가 죽더라도 너무 슬퍼하지 마세요. 이 일은 오래전부터 결심했던 거라 도저히 피할 수 없어요. 아빠 탓도, 엄마 탓도 아니에요.

힘을 너무 줬나 보다. 샤프심이 종이에 박힌 채 툭, 부러져 팅겨 나갔다. 파편이 튀어 날아가는 걸 눈으로 쫓다가 다시 샤프를 눌렀다.

'도저히 피할 수 없는 일'이란 바로 이런 것이다. 납덩이처럼 무거운 힘이 가해지면 연약한 존재는 그저 찌부러지고 뭉개질 뿐이라는 사실.

죽음에 이르게 하는 납덩이 같은 힘은 과연 무엇일까.

나는 노트를 내려다보며 잠시 생각에 잠겼다. 부모님 탓이 아니라면 대체 무엇이 내 존재를 이토록 짓누르는 걸까. 어떤 감정이, 어떤 연유로.

저는 이제 죽으려 합니다. 힘들게 낳아주셨는데 이런 선택을 해서 죄송합니다. 효도 한번 제대로 못하고 먼저 떠나는 불효를 용서해주세요. 모든 게 다 제 잘못이에요.

이 글을 읽게 될 부모님은 어떤 표정을 지을까. 슬퍼하며 오열할까, 아니면 누군가에게 이 죽음의 책임을 물을까.

나의 장례식을 상상해보았다. 과연 몇 명이나 찾아와 나를 위해 울어줄까. 우리 반 애들은 얼마나 올까. 어쩌면 아무도 오지 않을지도. 오더라도 선생님이 가라고 떠미는 바람에 억지로 온 거겠지. 아주 잠깐 마키의 얼굴이 스쳤지만, 그 애 역시 오지 않을 거라는 확신이 들었다.

참으로 덧없고 쓸쓸한 죽음이다. 사람의 가치는 장례식에 찾아와 슬퍼해주는 이들의 머릿수로 정해지는 것 같다. 하지만 나는 그 가치를 확인할 길이 없다. 죽은 뒤에도 얼마간 유령이 되어 이 세상을 떠돌 수 있다면 좋을 텐데. 내 마지막 길을 지켜

보며 내가 얼마나 보잘것없는 존재였는지 뼈저리게 확인한 뒤에야, 비로소 깨끗이 사라질 수 있을 텐데.

한동안 샤프를 움직이지 못하고 멈췄다. 죽으려는 이유를 적어야 할지 말아야 할지 망설여졌다.

오늘은 뭐라고 쓸까. '집단 괴롭힘을 당해서'는 어제 썼고, 그전에도 질릴 만큼 우려먹었다. 슬슬 소재가 고갈되어 간다. 오랜만에 '실연의 상처를 견딜 수 없어서' 같은 걸 넣어볼까 하다가 죽음에 이를 만큼 설득력 있는 사랑이 아닌 것 같아 지웠다. 활활 타올라 온몸이 녹아내릴 것 같은 사랑… 아, 이것도 아닌데. 아무리 머리를 쥐어짜도 진부한 표현밖에 떠오르지 않아 짜증이 났다.

결국 좋은 아이디어가 떠오르지 않아 페이지를 넘겼다. 새롭게 펼쳐진 빈 공간에 글자를 써 내려갔다. 이번에는 미리 생각한 것도 아닌데 술술 잘 써졌다.

죽고 싶다. 죽고 싶다. 죽고 싶다.

나는 매일 이 글자를, 이 말을 나열한다. 입술을 달싹여 조용히 주문을 외듯 중얼거린다. 더는 살고 싶지 않다. 귀찮다. 괴롭다. 세상은 고통과 허무로 가득 차 있다….

비가 오든 오지 않든, 나는 언제나 우울에 젖어 있다. 왜일까. 어쩌다 이렇게 되었을까. 어쨌든 지금은 죽어도 괜찮은 이유를 찾는 게 우선이다.

그때, 교실 문이 열렸다. 나는 화들짝 놀라 수첩을 끌어안으며 책장을 덮었다. 가와타 무리가 소란스럽게 교실로 들어서고 있었다. 나는 서둘러 책상 서랍 안쪽 깊숙이 수첩을 밀어 넣었다.

"후지사키, 안녕! 오늘도 일찍 왔네?"

밝고 경쾌한 목소리. 왁자지껄 대화를 나누며 여자아이들이 우르르 들어왔다. 어둡고 차가운 비가 내리는 아침인데도 저 아이들의 주변은 따스한 햇살이 비치는 듯 환했다.

"안녕."

내 인사는 아이들의 활기찬 기운에 튕겨져 공기 중으로 산산이 흩어졌다. 가와타와 그 무리는 이미

내 존재 따위는 잊은 듯, 내가 전혀 알 수 없는 이야
기꽃을 피우고 있었다.

＊

목소리가 상대에게 오롯이 전달되는 사람이 부럽
다.

"후지사키, 무슨 책 읽어?"

속삭이듯 건네온 말이었지만, 이야기에 푹 빠져
있던 나를 현실로 가뿐히 불러올 만큼 편안하고 단
단한 목소리였다. 껍질에 둘러싸인 내 의식 속으로
부드럽게 스며드는 매력적인 목소리. 가와타였다.
들어본 적은 없지만 왠지 가와타는 노래도 잘할 것
같다.

가와타가 도서실에 오는 일은 거의 없었다. 등교
때 나누는 인사 말고 이렇게 직접 말을 건 적도 처
음이었다. 나는 책 제목을 말하려 했지만, 목소리가
제대로 뻗어 나가지 못했다. 가와타가 되물을 것 같
아서 얼른 책을 들어 제목을 보여주었다.

"모르는 작가네. 재밌어?"

글쎄, 뭐랄까. 호불호가 갈리는 책인 건 분명했다. 가와타의 취향을 알 수 없어 고개를 갸웃거리며 "잘 모르겠어."라고 대답했다. 이번에는 제법 또렷이 발음했다.

나는 말을 할 때 가끔 목소리가 뭉개지곤 한다. 대화를 할 때면 상대방이 꼭 한 번씩은 "미안, 뭐라고?"라거나 "다시 말해줄래?"라고 한다. 그럴 때마다 기운이 빠진다. 같은 말을 두 번 반복하는 건 생각보다 피곤한 일이다. 그런데도 상대가 알아듣지 못하면 그냥 얼버무리면서 포기해버린다. 그러다 보니 점점 말수가 줄었고 타인과 대화 나누기가 쉽지 않게 되었다. 누군가에게 손을 뻗었다가 그 끝이 날카로운 바늘이 되어 돌아올까 봐, 혹은 내가 누군가에게 상처를 입힐까 봐 두려웠다. 그럴수록 목소리는 자꾸만 기어들어가고 입술이 떨렸다.

"저기…", "그게…", "있잖아…." 그렇게 말문을 열 타이밍을 노리지 않으면 대화의 흐름에 올라타는 것조차 힘들었다.

"그렇구나. 좋아하는 작가야?"

아무렇지 않게 다가와 듣기 좋은 목소리로 말을 거는 가와타는, 나와는 전혀 다른 부류의 사람처럼 느껴졌다. 나도 저렇게 고운 목소리에, 예쁜 얼굴을 가졌다면 대화가 조금은 쉬웠을까.

"그….'

그 애와 눈을 맞출 자신이 없어 카운터에 엎어둔 책으로 시선을 돌렸다. 또 '그'라는 버릇이 튀어나왔다.

"그게…. 잘, 모르겠어. 아직, 세 권 정도밖에, 안 읽어서…." "그럼 이제부터 시작인 거네."

가와타가 활짝 웃는 바람에 나도 모르게 고개를 들었다. 내 속마음을 들킨 게 아닌가 싶어 가슴이 철렁했지만, 설령 그렇다 해도 마음이 닿았다는 사실은 기뻤다. 가와타는 도서실 안을 천천히 둘러보았다.

가와타, 뭐 찾는 거라도 있어? 입안에서 맴돌던 질문을 말하려는데, 그 애가 먼저 입을 열었다.

"퀴즈나 퍼즐 같은 게 실린 책은 어디쯤 있어?"

예상 밖의 질문이었다. 당황해서 순간 얼굴이 빨개졌다. 도서 위원이긴 하지만 나는 주로 소설만 빌

려봐서 다른 분야의 위치는 정확히 알지 못했기 때문이다.

"그… 아마, 저쪽에…."

나는 당황한 티를 숨기려고 카운터 밖으로 나와 앞장섰다. 가와타는 어째서인지 계속 미소를 짓고 있었다. 그 애가 뒤따라오는 것을 확인하며 책장 안쪽으로 향했다.

가와타가 조용히 속삭였다.

"내 동생이 학교 오락 시간에 퀴즈를 내야 하는데, 초등학생용은 유치해서 싫대. 쉽게 맞힐 수 없는 어려운 문제를 내고 싶다나."

그런 책이라면 시립도서관에 가면 더 많을 텐데, 생각하며 교양, 오락… 책장을 훑었다. 예전에 마술 책을 본 기억을 더듬으며 근처 책들을 천천히 하나하나 눈으로 훑었다. 아, 여기 있다!

"저기, 여기…."

말을 맺기도 전에, 어떤 여자아이의 하이톤 목소리가 내 희미한 목소리를 지워버렸다.

"치세짱! 여기서 뭐 해?"

책장 뒤에서 불쑥 나타난 아이가 가와타의 팔을 덥석 잡았다. '치세'라고 불린 가와타는 반짝이는 눈으로 그 아이의 팔을 반갑게 맞잡으며 장난스럽게 대꾸했다.

"동생 부탁 때문에! 근데 앗짱, 어떻게 지냈어? 반 바뀌고는 통 못 봤네." "있잖아, 치세짱. 글쎄…."

도서실에서는 조용히 해야 한다고 말할 용기도, 기력도 없어서 나는 가리키던 팔을 내리고 그저 우두커니 서서 노래하듯 대화를 이어가는 그들의 모습을 조금 떨어진 곳에서 바라보았다. 역시 가와타 같은 아이는 저렇게 생기 넘치는 아이와 함께 있는 게 어울려. 나처럼 우울하고 제대로 된 대화조차 나누지 못하는 아이와는 결이 맞지 않아. 그들이 내뿜는 화사한 빛에 눈앞이 아찔했다.

초등학생 때는 자주 일기를 썼다. 목소리로 마음을 전하는 건 서툴러도 노트에 글자를 채우는 건 자신 있었다. 마치 날개를 달고 하늘을 마음대로 날아다니는 작은 새처럼 새하얀 종이 위에서 내 마음을 자유롭게 채워 넣을 수 있었다. 이야기를 상상하고 문장을 만드는 건 흑백 세상에 색을 입히는 작업처럼 신나고 즐거웠다. 아무리 따분한 일상이라도 글로 묘사하면 소중한 추억이 되어 선명하게 남았으니까.

마키와 일 년 정도 교환일기를 썼던 적이 있다. 유치하고 두서없는 이야기, 시인지 산문인지 알 수 없는 결말 없는 이야기들로 채워졌지만, 둘만의 비밀을 나눈다는 게 너무 좋아 하루도 빠뜨리지 않고 썼다.

그런데 6학년이 되면서 마키는 점점 일기를 쓰지 않았다. 매일 주고받던 일기는 일주일에 한 번, 이 주일에 한 번으로 간격이 벌어졌다. 반이 갈리면서 우리는 자연스럽게 멀어졌다.

"야, 이제 일기 안 쓸 거야?"

어느 점심시간, 마키를 붙들고 물었다. 나는 누군가 내 글을 읽어주길 바랐고, 마키가 쓴 로맨틱한 시가 좋았다.

"아, 있잖아. 우리 이제 이런 거 그만하자. 좀 유치

하잖아. 료, 너는 어떨지 몰라도 난 이제 중학교 입시 공부해야 해.”

마키는 사립 중학교에 들어갔다.

내가 우두커니 서 있는 걸 눈치챘는지 가와타가 미안한 표정으로 나를 보았다. 나는 갈라진 목소리로 책장을 가리키며 나직이 속삭였다.

“아마… 이 근처일 거야.”

앗짱이라는 아이가 다시 즐거운 목소리로 가와타의 시선을 가로챘다. 나는 뒤도 돌아보지 않고 카운터로 걸어왔다. 깊은 한숨이 새어 나왔다. 도저히 어찌할 수 없는, 죽고 싶은 기분이 들었다. 가와타와 친해질 지도 모른다는 주제넘은 기대를 하다니, 정말 한심했다.

나도 예쁘게 태어났다면, 말을 잘해서 누구와도 웃으며 이야기할 수 있는 사람이었다면 얼마나 좋았을까. 죽고 싶다, 괴롭다, 외롭다, 슬프다…. 그 어떤 단어도 지금의 심정을 온전히 담아내지 못하는 것 같아 또다시 절망감이 밀려왔다.

'못생기게 태어난' 게 죽어도 되는 이유가 될 수 있을까?

나는 끊임없이 이유를 찾는다. 죽고 싶은 기분에 빠져드는데, 그에 걸맞은 마땅한 명분을 찾지 못하고 있다. 우리 부모님은 한숨이 나올 만큼 평범하고 다정하다. 가정환경에 문제가 없다는 뜻이다. 학교에서 괴롭힘을 당하는 것도 아니다. 실연의 상처 같은 건 더더군다나 없다. 그런데도 난 왜 이토록 죽고 싶은 걸까. 왜 이토록 견딜 수 없이 괴롭고 슬플까.

나는 그 이유를 찾기 위해 매일 유서처럼 글을 썼다. 죽음을 창작하고 상상하며 그 기분에 깊게 빠져들었다. 아무도 없는 이른 아침의 교실, 이 세상에 나 홀로 남겨진 것 같은 고요 속에서 수첩을 펼치고 이제 곧 죽는다는 비장한 마음으로 글을 썼다. 그러다 보면 정말로 내가 조금씩 죽어가는 것 같은 기분이 들었다.

이것은 누구에게도 들켜서는 안 되는, 나만의 아침 의식이었다.

*

　마지막 수업이 끝나고 나는 서둘러 가방을 챙겼다. 서랍 속 교과서를 꺼내 집으로 가져갈 것과 두고 갈 것을 분류해 담았다. 그러다 문득 빠뜨린 게 없는지 서랍 안쪽으로 손을 뻗은 순간, 등골이 오싹해졌다. 피부 아래로 뜨거운 피가 역류하듯 머리끝까지 치밀어 올랐다.

　없다!

　얼굴이 타오를 듯 뜨거워졌다. 가슴이 터질 듯 심장이 요동쳤다. 그러고는 얼음물을 끼얹은 듯 오싹한 한기가 온몸을 타고 흘렀다.

　없을 리가 없다. 어딘가에 넣어둔 채 다른 물건 사이에 끼어 안 보이는 거겠지.

　가방을 통째로 뒤집어 교과서 한 권 한 권을 집어 올려 확인하고 가방에 다시 넣었다. 가방 안에 달린 지퍼도 열어 손으로 여러 차례 훑어봤지만 아무것도 잡히지 않았다. 책상 속을 손으로 더듬고 고개를 숙여 눈으로 확인해봤지만, 텅 빈 어둠만이 입을 벌리고 있을 뿐 내가 찾는 물건은 보이지 않았다.

어떡하지. 눈앞이 캄캄해졌다.

마지막으로 쓴 게 언제였더라. 오늘 동선을 떠올려보고, 머리를 쥐어짜도 수첩을 빠뜨렸을 만한 곳이 없었다. 온갖 상상이 머릿속을 휘저었다. 불안과 초조가 밀려왔다. 만에 하나, 누군가 그걸 보게 된다면…. 생각만으로도 아찔했다.

혹시나 해서 다시 책상 서랍, 가방, 사물함까지 샅샅이 뒤졌지만 내 베이지색 수첩은 거짓말처럼 사라져 보이지 않았다. 어딘가에서 잃어버린 거라면 분실물로 신고될 수도 있다. 하지만 만약, 만약 누군가 그 안을 펼쳐봤다면.

"후지사키."

책상 서랍을 들여다보다가 깜짝 놀라 고개를 들었다. 가와타였다.

"잠깐 얘기 좀 할 수 있을까?"

나는 반사적으로 고개를 끄덕였다. 사실 지금 이럴 때가 아닌데, 한시라도 빨리 수첩을 찾아야 하는데….

"다행이다. 있잖아⋯."

가와타는 웬일인지 평소와 달리 몹시 심각한 표정을 짓고 있었다.

"아까 과학실에서 이걸 주웠는데."

그 애가 내민 것은 바로 내 베이지색 수첩이었다. 숨이 턱 막혔다. 당황해서 입술이 경련하듯 달싹거렸다. "그거⋯." 하고 반사적으로 손을 뻗으려던 걸 간신히 억눌렀다.

이게 왜 과학실에 있었지? 이동 수업 때 급히 짐을 챙기다 빠뜨렸나.

나는 가와타의 눈치를 살폈다. 수첩 안을⋯ 봤을까? 만약 읽었다면?

"후지사키, 이거 네 거 아니야?"

"⋯어째서?"

"우리 반이 앉았던 자리에 떨어져 있었거든. 애들한테 물어봤는데 다들 아니래. 남은 사람은 너뿐이라서."

가와타가 내민 수첩을 보며 그 애의 표정을 살폈다. 늘 화사한 미소를 머금고 있던 얼굴이 지금은 무척 어두웠다.

다 봤구나!

직감적으로 알 수 있었다. 뺨이 화끈거렸다.

아니야, 침착하자. 수첩에 나를 특정할 만한 단서는 하나도 없다. 아직 무마할 수 있다. 들키지 않을 수 있어.

나는 금방이라도 꺼질 듯한 목소리로 대답했다.

"…내 거 아니야."

"그렇구나…."

가와타는 기운 없는 목소리로 대답하며 깊은 한숨을 내쉬었다.

"그래, 차라리 다행이다. 하지만 그렇게 되면 정말 큰일인데…."

"왜 그러는데?"

나는 떨리는 목소리로 되물었다.

가와타는 어깨너머로 교실 안을 살폈다. 드문드문 남은 아이들의 눈을 피해, 그 애는 마치 커튼 뒤로 숨는 장난을 치듯 내 팔을 붙잡고 교실 구석으로 이끌었다.

“있잖아. 이거, 꼭 비밀로 해줘.”

가와타는 진지한 얼굴로 수첩의 자석 잠금장치를 조심스럽게 떼어냈다. 비밀을 지키는 자물쇠치고는 허무할 만큼 쉽게 열렸다. 나는 심장이 멎을 듯한 긴장감 속에 그 애의 손가락 하나하나를 주시했다.

“혹시 이름이 적혀 있을까 싶어서 안을 살짝 들여다봤거든. 그랬더니 말이야….”

하지 마. 보지 마.

그 애는 수첩의 페이지를 팔락팔락 넘기기 시작했다. 그 안에 적힌, 무겁고 숨 막히는 글자들의 절규가 시야에 들어온 순간, 나는 모든 감각을 닫아버리고 싶었다. 진짜로 죽어버리고 싶었다. 머리끝까지 솟구친 열기가 눈 안의 물기를 증발시켜버릴 것 같았다.

나는 노트에 시선을 고정한 채, 붉어진 얼굴을 가리려 한 손으로 뺨을 감싸 쥐었다.

제발. 읽지 마. 웃지 마. 어떻게든 둘러대야 해. 어떻게든….

“유서… 같은 그런 글들이 이렇게 가득 적혀 있

어서. 이것 좀 봐."

어떡하지.

하지만 그 비명이 터져 나온 곳은 내 입이 아닌 가와타의 입이었다.

"이 아이… 어떻게든 찾아야 해. 안 그러면 정말 죽어버릴지도 몰라!"

*

무슨 바보 같은 소리를 하는 거야.

한동안 멍하니 할 말을 잃었다. 메마른 입술 딱지를 떼자 상처가 당겨져 따끔거렸다. 나는 가와타를 조심스레 올려다보았다. 그 애는 입술을 깨물며 고운 눈썹을 불안하게 일그러뜨리고 있었다.

"어떡하지? 이 아이를 어떻게 하면 좋을까? 정말 위험해 보여. 당장이라도 무슨 일이 생길 것만 같아."

나는 입술을 물고기처럼 몇 번이나 뻐끔거리다 겨우 목소리를 냈다.

"이런 건…."

내려다보는 시선 끝에서 춤추는 건, 이 가느다란 손으로 내가 직접 쓴 글자들이었다. 종이를 꾹꾹 눌러가며 한 글자 한 문장 고심하며 썼던. 내 우울한 기분에 이끌려 그 기분 그대로, 때론 과장된 감정을 실어 창작했던.

"진짜가 아닐 수도 있잖아."

"그럴지도 몰라. 하지만." 가와타는 여전히 노트를 내려다보며 중얼거렸다. 그 안에 적힌 유서 같은 문장들을 몇 번이고 확인하듯 꼼꼼히 살폈다.

어떡하지. 도리어 내가 묻고 싶은 심정이었다.

하지만 지금은 어떻게든 이 노트를 쓴 사람이 나라는 걸 들키지 않는 게 중요하다. 만약 들키면?

그런 건 애초에 상상조차 하지 않았다. 나의 은밀한 비밀이, 죽고 싶은 마음을 배설하듯 쓴 이 기록이 이런 식으로 타인에게 공개될 줄은 꿈에도 몰랐으니까.

만약 들키면 이 좁고 폐쇄적인 교실에서 소문은 순식간에 퍼져나갈 것이다. 아침마다 유서를 써 모으는 음침한 아이, 죽고 싶다는 말을 주문처럼 늘어놓으며 외로움과 고독조차 구분 못하는 아이. 사람들은 나를 그렇게 낙인찍을 것이다.

"후지사키는 가끔 무슨 말을 하는지 모를 때가 있지 않아?"

1학년 때, 화장실에서 우연히 들었던 뒷말이 불쑥 떠올랐다.

"아, 그거 뭔지 알아! 말할 때마다 웅얼거려서 잘 안 들리잖아. 좀 크게 말하라고 하고 싶을 때가 한두 번이 아니야." "저기… 있잖아… 그… 음….""아하하하! 똑같다, 똑같아!"

그저 지나가는 뒷담화였다. 집단 괴롭힘도 아니었고, 그런 말을 들은 것도 그때가 처음이자 마지막이었다. 그런데 왜 지금 그런 기억들이 떠오르는 걸까.

뜨거운 피가 뺨을 타고 귓바퀴까지 번져 나갔다. 교실 구석 난로에서 뿜어져 나오는 열기가 숨이 막히는 것처럼 답답했다. 눈시울이 뜨거워졌다.

차라리 들켜버리면 어떨까. 그러면 정말로 죽어도 좋을 명확한 이유가 생길 텐데.

"진짜일지도 모르잖아."

가와타의 또렷한 목소리가 내 상념을 깼다. 그 애는 내 눈을 들여다보며 간절히 호소했다.

"여기 괴로운 심경이 가득 적혀 있어. 이것 봐, 이 페이지도…. 정말 힘들었을 거야. 실연에, 왕따에… 누구에게도 말 못할 고민이 산더미 같잖아. 만약 이게 진짜라면 우린 가만있으면 안 돼."

가와타, 넌 그런 우스꽝스러운 이야기를 정말로 믿는 거야. 만화에나 나올 법한 불행의 삼중주를 한꺼번에 겪는 사람이 세상에 어디 있다고.

"이상, 한데." 나는 조용히 읊조렸다. "유서 같은 건… 보통 그렇게 많이 쓰지 않으니까."

"연습일지도 모르지. 초안처럼 써둔 걸 수도 있고." 가와타는 결심한 듯 단호했다.

"아무래도 선생님께 말씀드려야겠어."

"잠깐!" 무의식적으로 가와타의 소매를 꽉 붙들었다.

안 돼, 그것만큼은 절대 안 된다. 선생님에게 알려지는 순간 내 속마음은 만천하에 공개 처형당하는 것이나 다름없다.

“안 돼… 그건….” 나는 가냘픈 목소리를 내며 필사적으로 변명을 짜냈다.

“만약 이게 진짜라면, 이걸 쓴 아이의 마음을 생각해봐. 선생님 귀에 들어가서 일이 커지면… 수치심 때문에 정말로 죽고 싶어질지도 모르잖아.”

내 억지스러운 논리에 가와타는 난처한 듯 미간을 찌푸렸다.

“그럴지도 모르겠네…. 그럼 어떡하지?”

내버려 둬. 그냥 쓰레기통에 던져버리고 죄다 잊어버려. 유서에 적힌 말의 절반 이상은 지독한 가짜라고. 처절한 인생을 사는 비운의 소녀는 이 학교에 존재하지 않아. 그러니까 제발, 그냥 잊어줘.

“후지사키.” 가와타가 나를 불렀다.

“우리가 이 아이를 찾아보자.” “…어?” 얼빠진 소리가 새어 나왔다.

“네 말대로 선생님께 알리면 일이 커질 것 같아. 우리끼리 비밀리에 이 다이어리 주인을 찾아보자.”

가와타의 눈빛이 너무나도 진지했다. 나는 귀까지 붉게 달아오른 채 그 애를 바라보았다.

“미안해. 너까지 끌어들이려던 건 아니었는데…
그런데 왠지 너라면 믿을 수 있을 것 같았어. 입이
무거울 것 같아서.”

나는 아무 말도 못한 채 가와타의 가지런한 앞머
리를 바라보았다.

“나 혼자서라도 어떻게든 해볼게. 민폐 끼쳐서 미
안해.”

어떻게든이라니, 대체 무슨 수로? 가와타는 베이
지색 수첩을 덮어 소중한 보물이라도 되는 양 품에
안았다. 우리 둘뿐인 교실은 고요했다. 창밖의 빗소
리가 규칙적으로 유리창을 두드렸다.

이대로 가와타를 보내고 깔끔하게 수첩과 이별하
고 모르는 척하면 그만이다. 가와타가 헛물을 켜든
선생님들이 소동을 피우든 나와는 상관없는 일처럼
행동하면 되니까. 당신들이 찾는 불행한 아이는 어
디에도 없으니까. 그래야만 했는데.

“잠깐만.”

돌아서는 가와타를 무심결에 불러 세웠다. 뒤돌
아보는 그 애에게 들릴 듯 말 듯한 목소리로 말을

이었다. "나도… 도울게."

그러자 얼음이 녹아내리는 것처럼 가와타의 얼굴에 화사한 미소가 번졌다.

"고마워, 후지사키!"

*

"그런데, 어떻게 찾을 생각이야?"

세차게 타오르는 난로 불꽃이 교실로 침입하는 냉기를 모조리 밀어내고 있었다. 우리는 난로 가까운 자리에 마주 앉아 문제의 그 수첩을 펼쳐놓았다. 중간에 선생님이 난로를 끄러 들어왔는데, 가와타가 학생회 회의 때문에 조금만 더 있겠다며 상냥하게 둘러댔다. 나는 괜히 나쁜 짓이라도 들킨 것처럼 반사적으로 수첩을 덮고 고개를 푹 숙였다. 다행히 선생님은 별 의심 없이 그냥 나갔다. 가와타는 선생님들에게도 신뢰받는 아이였다. 선생님이 나가자 그 애는 다시 수첩을 펼쳤다.

"오늘은 수업이 다 끝나서 찾기 힘들겠고, 내일부터 조금씩 정보를 수집해볼까 해."

“정보를… 수집한다고?”

잠긴 내 목소리에 가와타가 진지하게 대답했다.

“단서는 여러 가지야. 최근 실연을 당했거나, 가정 형편이 어렵거나, 괴롭힘을 당하는 아이…. 우리 반에 따돌림 같은 건 없다고 생각했지만, 우리가 눈치채지 못했을 수도 있잖아. 그런 아이들의 소문을 은밀하게 모아보려고. 그러면서 베이지색 수첩을 잃어버린 사람이 있으면 연락해달라고 공지하는 거지.”

가와타는 내가 생각한 것보다 훨씬 더 ‘불행한 소녀’를 찾는 데 진심이었다. 나는 어떻게든 그 계획을 막아보려 말을 더듬었다.

“근데…. 여기에 적힌 괴롭힘이나 실연 같은 거, 전부 거짓말일지도 몰라. 아니, 분명 거짓말일 거야. 너무 작위적이잖아.”

왜냐하면, 진짜로 거짓말이니까.

“게다가 페이지마다 유서 내용이 다 제각각인 것도 이상하고.”

“하지만,” 가와타가 고개를 저었다. 곱슬기가 섞인 까만 머리카락이 가볍게 흔들렸다. “거짓말을 이렇게까지 절실하게 쓸 수 있을까?”

뭐라 반박할 말이 떠오르지 않았다. 하지만 반 아이들에게 일일이 묻고 다니다 보면 일이 걷잡을 수 없이 커질 수 있다. 선생님에게 알리는 것만큼이나 가와타의 계획도 위험천만했다.

망설이던 찰나, 교실 문이 열리며 한 여자아이가 들어왔다. 낮에 도서실에서 가와타를 아는 척했던 앗짱이었다. 하나로 묶은 머리를 찰랑거리며 그 애는 망설임 없이 우리 쪽으로 걸어왔다.

“어, 치세짱! 오늘 동아리 활동은 어떡하고 여기 있어? 한참 찾았잖아.”

그 애는 ‘동아리 활동’에 힘을 주어 말하며 가와타를 보았다. 가와타는 궁도부였다.

“앗짱이야말로 농구부는 어쩌고?” “오늘은 땡땡이. 너무 춥잖아.”

앗짱은 태연하게 웃으며 책상 위에 펼쳐진 수첩을 힐끗 보았다. 그러더니 생각할 겨를도 없이 “이게 뭐야? 뭐 하고 있는 건데?”라며 수첩을 낚아챘다. 가와타가 뺏으려 손을 뻗었지만, 앗짱이 한발 더 빨랐다. 그 애는 큰 눈을 굴리며 노트를 훑더니, 이내 웃음을 터뜨렸다.

"푸하하하!" 교실에 그 애의 웃음소리가 울려 퍼졌다.

"뭐야 이거? 시야? 와, 어둡다 어두워! 완전 음침한데? 이렇게 병든 시는 오랜만에 보네. 누구 거야? 누가 쓴 건데? 치세짱 글씨는 아닌 것 같고."

호기심으로 반짝이는 눈이 나를 향했다. 품평을 하는 듯한 불쾌한 시선에 눈가가 뜨거워졌다. '아니야!'라고 소리치고 싶었다. 시가 아니야. 어둡지도, 병든 것도 아니라고.

"아니야."

그렇게 말한 건 내가 아니었다. 가와타였다.

"누가 잃어버린 거야. 제대로 읽어보면 알겠지만, 여기에 적힌 건 아마 진심일 거야."

가와타는 낮은 목소리로 경위를 설명했다. 앗짱은 수첩을 든 채 잠시 멍하니 있더니 물었다.

"그래서… 이 수첩 주인을 찾겠다는 거야?" "응. 그러니까 앗짱도 웃지만 말고 도와줘."

"으음." 그 애는 의자를 끌어당겨 옆에 앉았다. 그러고는 어디 보자며 다시 페이지를 넘겼다. 나는 앗짱의 반응을 견딜 자신이 없어 고개를 돌렸다. 더는 상처받고 싶지 않았다.

"셋이면 정보를 수집하기 훨씬 수월할 거야. 아침, 점심, 방과 후로 나눠서 이 수첩에 적힌 조건에 맞는 애가 있는지 친구들에게 물어보자. 짐작 가는 사람이 있으면 나한테 알려달라고 하고."

가와타의 말에 나는 필사적으로 반론했다.

"그렇게 안 해도, 그냥 분실물이라고 교무실에 가져다주면 되잖아. 주인이 알아서 찾으러 가겠지."

물론 나는 절대 찾으러 가지 않을 테지만.

하지만 가와타는 고개를 저었다.

"선생님이 확인하면 일이 너무 커져. 수첩은 돌아가겠지만, 그건 아무런 해결이 안 돼. 이 아이는 분명 벼랑 끝에 서 있을 거야. 우리가 힘이 되어줄 수 있을지도 모르잖아."

해결이라니. 중학생의 위로가 대체 무슨 도움이 된다고. 그리고 무엇보다 이건 가짜라고.

“이건 그냥 창작물이야. 마음에 병이 있는 애가 쓴 시라니까.”

내용을 대충 훑어본 앗짱이 수첩을 책상 위에 툭 던졌다.

“죽고 싶다는 말만 도배된 페이지도 있던데, 진심일 리가 없어. 유서라기엔 동기도 제각각이고 너무 작위적이야. 그냥 중2병 감성으로 쓴 어설픈 시 같은데.”

난로가 너무 뜨겁게 느껴졌다. 몸속에서 끓어오르는 불길을 억눌렀다. 피를 끓게 만드는 뜨거운 열기가 폐를 휘돌아 목구멍을 태워버릴 듯 달아올랐다.

중2병 감성의 어설픈 시? 진심이 아니라고? 가짜 같다고?

“아니야!” 나도 모르게 소리쳤다.

“시가 아니야! 이 아이는 분명 괴로워서 쓴 거야. 너무 힘들어서.”

설령 그 죽음의 동기가 거짓이고 이유가 엉터리라 해도. 간절히 갈구하는 고통의 실체를 찾지 못해

헤매고 있는 중이라 해도.

"너무너무 죽고 싶어서 미치겠는데, 어떻게 해야 할지 몰라서…. 그래서 그냥 수첩에 쓸 수밖에 없었던 거라고!"

나도 모르게 이렇게 소리쳤다. 교실 안이 쥐죽은 듯 고요해졌다. 가와타도, 앗짱도, 난로가 타는 소리마저 정지된 것 같았다.

식은땀이 흘렀다. 아차 싶은 순간, 키득거리는 부드러운 웃음소리가 귓가를 간지럽혔다.

"치세짱, 왜 웃어?"

앗짱이 물었다. 가와타는 다정한 미소를 띤 채 나를 보고 있었다.

"후지사키가 저렇게 크게 소리 내는 건 처음 봐서. 깜짝 놀랐어."

조심스레 고개를 들었다. 가와타가 내 눈을 맞추며 말했다.

"맞아. 힘들어서 그런 마음을 토해낸 거겠지. 앗짱, 우리 열심히 이 아이를 찾아보자. 그런 다음 다 같이 노래방이라도 가서 신나게 노는 거야."

"뭐야 그게." 앗짱이 웃으며 자신의 머리카락 끝을 만지작거렸다. "어쩔 수 없지, 나도 한번 분발해 볼까?"

*

우리의 탐정놀이는 그 뒤로도 며칠간 계속되었다. 말도 안 되는 얘기였다. 당장 내일이라도 죽어 버릴 것처럼 실연과 학대, 집단 괴롭힘까지 겪는 아이는 이 학교 어디에도 존재하지 않으니까.

하지만 가와타와 앗짱은 정말 열심이었다. 가와타는 쉬는 시간마다 이 반 저 반 다니며 정보를 수집했고, 마당발인 앗짱은 온갖 연애 비사와 소문들을 끌어모았다. 나는, 당사자이면서도 아는 애들을 붙들고 베이지색 수첩 잃어버린 애 없느냐며 묻고 다녔다. 코미디가 따로 없었다. 하지만 애쓰는 두 사람을 보고 있자니 가만히 있을 수만은 없었다.

그런데 참 희한한 일이었다. 시간이 흐를수록 정말로 그런 아이가 어딘가에 있을 것 같은 생각이 들기 시작했다. 누군가에게 말 못할 상처를 입고, 죽고 싶다는 마음을 수첩에 쓴 여자아이가 어딘가에 실재할 것만 같았다.

우리는 방과 후면 교실에 모여 일명 '작전 회의'를 열었다. 동아리 활동 때문에 매일 모이기는 힘들었지만, 우리는 꽤 자주 그곳에서 시간을 보냈다. 가와타는 수첩이 발견된 과학실을 단서로 그날 실험실을 사용한 반들을 하나씩 지워가며 범위를 좁혀가고 있었다. 2학년 2반과 1학년 몇몇 반이 용의 선상에 올랐다.

"그냥 소문이긴 한데…."

가와타가 2반에서 겉돌고 있다는 아이의 이야기를 꺼냈다. 내가 전혀 모르는 아이였다. 앗짱은 다른 반의 복잡한 삼각관계를 늘어놓으며, 그중 큰 상처를 입은 아이의 가정환경이 수첩 내용과 흡사할지 모른다고 추측했다. 내가 모르는 곳에서 상처받고 괴로워하는 아이들이 실제로 존재한다는 당연한 사실을, 나는 그제야 실감하고 있었다.

"그런데 걔는 수첩을 잃어버리지는 않았대. 털어놓기 민망해서 숨기는 걸까."

그렇게 내가 만들어낸 소녀를 쫓으며 우리는 어깨를 나란히 한 채 하교했다.

앗짱의 제안으로 역 앞 맥도날드에 들르는 날도 생겼다. 친구와 맥도날드에 가는 건 내 생애 처음 있는 일이었다. 계산대 앞에 줄을 서서 메뉴판을 올려다보면서도 무엇을 어떻게 주문해야 할지 몰라 쩔쩔맸다.

"너무 많이 먹으면 저녁 못 먹으니까, 간단하게 애플파이 어때?"

가와타가 다정하게 조언해주었다. 내 앞에서 세트 메뉴를 당당히 주문한 앗짱을 보며 가와타가 웃으며 덧붙였다. "쟤는 저렇게 먹어도 살이 안 찐다니까."

친구와 함께 학교를 뛰어다니고, 당연하다는 듯 나란히 걸어 집으로 향하는 일상. 그런 중에도 나는 앗짱이 웅얼거리는 내 모습을 보면 놀릴까 봐 주로 듣기만 했다.

"료짱은? 텔레비전 봐?"

앗짱이 불쑥 물었다. 누군가에게 '료짱'이라 불리

는 건 정말 오랜만이라 처음에는 나를 부르는 건지 몰라 눈만 껌벅거렸던 적도 있었다.

우리는 기름 냄새가 감도는 매장 구석 자리에서 감자튀김을 나눠 먹으며 때로는 비밀스럽게 수첩 이야기를, 때로는 요란하게 만화책 이야기를 나누었다. 신기했다. 목소리도 또렷하지 않은 내가, 이 눈부신 미소들 사이에 섞여 있다는 사실이.

"아, 노래방 가고 싶다."

가게를 나와 어둑해진 길을 걸으며 앗짱이 불쑥 말했다.

"이 아이를 찾은 다음에."

가와타가 수첩이 든 가방을 툭툭 두드리며 대답했다.

노래방은 어떤 곳일까. 그렇게 간절히 바랄 만큼 즐거운 곳인가. 잘 모르지만 친구들과 함께한다는 생각만으로도 가슴이 간질거렸다.

"오늘도 수확은 없었네." "내일이 있잖아."

가와타와 앗짱이 대화를 마칠 때쯤 신호등이 바뀌었다. 나는 여기서부터 다른 길로 가야 한다.

"후지사키!"

가와타가 내 이름을 불렀다. 뒤돌아보는 순간 차가운 바람이 휘익 우리 사이를 지나갔다. 추위 때문에 나는 목도리에 얼굴을 파묻었다. 가와타가 손을 흔들었다.

"내일도 잘 부탁해!"

*

"아, 그거 가와타도 물어보던데."

시늉이라도 하자는 생각으로 점심시간에 평소처럼 탐문을 이어갔다. 이제 남은 건 대화 한 번 나눠본 적 없는 아이들뿐이었지만, "베이지색 수첩 잃어버린 사람, 혹시 알아?"라는 말만큼은 전보다 훨씬 크고 또렷하게 내뱉을 수 있게 되었다. 수첩을 잃어버린 장본인이 나라는 걸 생각하면 참으로 우스운 노릇이었지만, 가와타와 앗짱이 애쓰는 모습을 보면 마냥 턱만 괴고 있을 수는 없었다.

"그렇구나."

희미한 목소리로 대답했다.

“그보다 가와타 말이야, 요즘 뭐 하는 거야?”

뜻밖의 질문에 나는 눈을 깜빡이며 질문의 의도를 생각했다.

“아, 나도 궁도부거든. 가와타가 연습에 계속 빠지니까 부장님이 엄청 화났어. 시합이 코앞이라. 뭔가 사정이 있는 것 같긴 한데, 직접 묻기는 좀 그래서….”

“그래?” 바보처럼 되묻고는 고맙다는 말도 잊은 채 복도로 돌아 나왔다.

수업 시간을 멍하니 흘려보내고, 쪽지시험은 거의 백지 상태로 제출했다. 오직 방과 후만을 기다렸다. 빨리 수업이 끝나 가와타를 만나고 싶었다. 그 다정한 미소와 살가운 말을 듣고 싶었다.

거칠게 튼 입술은 립밤을 덧발라도 나아질 기미가 없었다. 공기가 건조한 탓인지, 차가운 비 때문인지, 난로의 열기 때문인지 자꾸만 메마르고 텄다. 창밖엔 수첩을 잃어버린 그날처럼 비가 부슬부슬 내리고 있었다. 유리창에 맺힌 물방울이 또르르 흘러내렸다.

방과 후, 우리는 여느 때처럼 텅 빈 교실의 난로 가에 모여 앉았다. 가와타가 먼저 입을 열었다.

"1학년 아이인데, 집에 빚이 좀 있대. 상황이 꽤 힘든 모양이야. 괴롭힘 당한다는 소문은 없었지만, '빚' 이야기는 이 수첩에도 적혀 있었잖아. 여기 봐."

가와타가 가리킨 페이지를 보았다. 그러고 보니 그런 설정도 썼던 것 같다. 너무 진부해서 딱 한 번 쓰고 말았지만.

"직접 물어봤어?" 앗짱이 물었다.

가와타가 고개를 끄덕였다.

"아니라고 하더라. 이제 짐작 가는 애들은 다 찾아본 것 같은데…."

앗짱이 풀 죽은 듯 한숨을 내쉬었다.

"나도 그래. 죄다 허탕 친 기분이야. 역시, 없는 게 아닐까? 죽고 싶어 하는 애 같은 건. 아니면 너무 수치스러워서 차마 못 나서는 걸지도."

"그럴지도 모르지만…."

가와타가 고개를 떨구었다.

비 때문인지 평소보다 더 동그랗게 말린 그 애의

머리카락이 힘없이 축 처져 있었다. 지쳐 보이는 모습이 안쓰러웠다.

이제 됐어. 그만해도 돼. 넌 정말 충분히 애썼으니까.

"가와타."

들릴 듯 말 듯한 목소리로 그 애를 불렀다.

"요즘 연습에 자주 빠진다면서…. 시합이 얼마 안 남았다고 하던데, 정말이야?"

가와타가 고개를 들더니 애매한 미소를 지었다.

"응. 뭐, 그렇게 됐네." "이제 그만해도 돼."

눈을 맞출 자신이 없어 고개를 숙였다.

"이제… 못 찾을 거야. 그러니까 그렇게까지 무리하지 마."

가와타는 말이 없었다. 난로가 묵직한 소음을 내며 타올랐다.

"이 아이가… 정말로 죽고 싶은 거라면," 나는 말을 더듬으면서도 뭉개지지 않으려 조심스레 이어갔다. "그냥 놔두면 되잖아. 우리랑 상관도 없는데."

"상관없을 지도 모르지만…."

가와타가 조용히 읊조렸다. "도와달라고, 알아달라고. 너무 괴롭고 힘들어서 이 수첩에 마음을 적어둔 거잖아."

앗짱이 침묵을 깨고 거들었다.

"분명 죽고 싶다는 건 진심이 아닐 거야. 누군가 자기를 구해주길 바라고 있는 거라고."

어안이 벙벙해져 앗짱을 보았다.

도와달라고? 내가? 누구한테?

"하지만!" 나는 벌떡 일어나 수첩 위를 손바닥으로 탁 내리쳤다.

"이런 애가 있을 리 없잖아! 당연히 거짓말이야! 이런 불행을 자랑하듯 써놓다니, 이건 전부 이 아이의 머릿속에서 지어낸 망상일 뿐이라고!"

앗짱과 가와타가 넋이 나간 표정으로 나를 올려다보았다. 뺨이 화끈거렸다.

"그래도, 설령 거짓말이라 해도 괴로워하고 있다는 사실은 변함없어."

가와타가 나직이 말했다. 그리고 마치 나처럼, 작고 갈라진 목소리로 천천히 단어를 골랐다.

"죽고 싶다는 건, 살고 싶다는 뜻이야. 행복해시
고 싶다는 말이라고."

살고 싶다. 행복해지고 싶다. 도대체 왜 그렇게까
지 믿어주는 건데.

"어쩌면 이 아이는 내가 아는 친구일지도 몰라.
앗짱의 친구일 수도, 후지사키의 친구일 수도 있어.
그런데 그런 아이를 어떻게 외면해? 그렇게 힘들어
하는 걸 뻔히 알면서 어떻게 내버려둬?"

가와타가 내 손바닥 아래 깔린 수첩에 살며시 손
을 얹었다. 부드러운 온기가 전해졌다. 그러고는 조
심스럽게 수첩을 꺼내 들고 페이지를 넘겼다. 나는
그 글자들을 바라보며 가늘게 어깨를 떨었다.

죽고 싶다. 죽고 싶다.

몇 십 번이나 쓴 글자들. 그건 내 비명이었고 외
로움이었으며, 지독한 괴로움이었다.

이제 그만해도 돼, 가와타. 네가 찾던 그 불쌍한
아이는 처음부터 없었어. 너희를 속인 채 끝내 아무

말도 못하는 비겁한 아이일 뿐이야. 바로 나라고.

가슴이 너무 아팠다. 지난 일주일 동안 둘을 속이며 불안에 떨었지만, 한편으론 마음 한구석이 들떴었다는 걸 인정해야 했다. "내일도 잘 부탁해"라고 말하며 나를 기다려주는 사람이 있다는 것. 그 당연한 사실이 눈물 나게 기뻤다. 나는 죽음을 바란 게 아니라, 나를 기다려주는 누군가를 이유 삼아 내일을 맞이하고 싶었던 것이다.

"응, 맞아. 살고 싶다는 말이야. 여기에 '죽고 싶어'가 이렇게 가득하다는 건, 그만큼."

앗짱이 거들었다.

살고 싶어. 살아 있고 싶어. 행복해지고 싶어.

내 목소리 따위는 아무에게도 닿지 않을 거라 믿었다. 아무리 비명을 질러도 목이 쉬어 부서질 뿐, 누구도 알아채지 못할 거라 생각했다. 하지만 내 목소리에 귀 기울여주는 사람이 있었다.

책상 위에 올려둔 손이 가늘게 떨렸다. 눈물 한 방울이 툭 떨어져 수첩 위 글자를 적셨다.

유서처럼 보이려 조심스레 썼던 그 밤들과 새벽

들. 수업 중 칠판의 공식을 보며, 혹은 방에 틀어박혀 집요하게 썼던 그 횟수들. 죽고 싶다고 생각한만큼, 나는 분명 살고 싶었던 거였다. 그만큼 처절하게 행복해지고 싶었던 거였다.

이 글자 하나하나가 사실은 나를 위해 할 수 있었던 가장 간절한 주문이었음을 이제야 알 것 같았다.

"후지사키?" "료짱, 왜 그래?"

다정한 목소리가 나를 불렀다. 나는 입술을 움직였다. 참아왔던 감정이 터져 나오며 입술의 딱지가 찢어졌다. 혀끝에 피비린내 섞인 쇠 맛이 번졌다.

전해야 한다. 이제는 종이 위가 아니라, 이들에게 직접 말해야 한다.

고마워. 정말 고마워. 그리고 미안해.

더는 마음을 숨길 수첩이 필요하지 않아. 설령 목소리가 뭉개지고 제대로 표현되지 않더라도. 그래도, 입술이여 부디 지금만큼은 움직여줘.

4. 플리츠 계급

2학년이 되고 나서 희한한 사실을 하나 깨달았다.

교복 치마 길이가 교칙으로 정해져 있는데도, 실제 아이들의 치마 길이가 조금씩 다르다는 것이다. 한두 번 접어 올리는 애들이 있는가 하면, 무릎이 훤히 보일 정도로 짧게 입는 애들도 많다. 물론 꿋꿋이 교칙을 지켜 무릎 아래를 완전히 덮는 아이들도 있다. 저마다 키나 체형이 다르니 차이가 나는 건 당연하겠지만, 신기하게도 친한 아이들끼리는 약속이라도 한 듯 치마 길이가 비슷했다.

치마 길이는 교실 내의 보이지 않는 지위를 나타내는 척도였다. 짧으면 짧을수록 교실의 주인공이 되어 빛날 수 있다. 반대로 교칙을 고수하는 모범생들의 긴 치마는 촌스럽고 음침한 상징처럼 여겨졌다. 실제로 긴 치마를 입은 애들치고 활발한 아이는 좀처럼 보기 힘들다. 그들은 대개 교실 한구석에서 숨을 죽인 채 존재감을 지우며 살아간다. 우리와는 아예 다른 종류의 생명체인 셈이다.

복숭아, 비누, 꽃, 그리고 자몽. 체육 시간이 끝나면 책상 주변은 온갖 향기로 뒤덮인다. 이 향기조차 그룹마다 다르다. 치마가 짧은 애들한테선 늘 상큼하고 달콤한 향이 났고, 치마가 긴 애들일수록 체육 후엔 땀 냄새가 났다. 편견일지도 모르지만 내 경험상으론 그랬다. 예쁜 아이들은 당연히 좋은 향을 풍겨야 하는 법이니까. 그래서 우리는 향수를 뿌려서라도 향기를 뿜어내며 반짝반짝 빛나게 웃고 떠든다.

오늘의 체육 수업은 댄스였다. 조별로 안무를 짜서 발표하는 방식인데, 나는 이 수업을 제일 좋아한다. 좋아하는 노래에 맞춰 아이돌처럼 춤을 출 때면, 신발 밑창이 체육관 바닥과 마찰하며 내는 소리와 찰랑이는 머리카락, 가슴속을 울리는 심장 박동이 온몸의 세포를 깨우는 기분이 든다.

"그래서 걔가 오랑우탄처럼 움직이는 거야, 우리 완전 빵 터졌잖아!"

아즈사가 같은 조가 된 여자애가 느리고 답답하다며 깔깔거렸다. 아즈사는 이 반에서 가장 빛나는, 말하자면 '치마가 제일 짧은' 아이였다. 여자애들은 아즈사의 말에 동조하며 책상을 쾅쾅 두드리며 웃어댔다.

"오랑우탄이라니! 대박! 완전 웃긴다!"

맞아, 이럴 때 몸치에다가 성격도 어두운 애들은 정말이지 민폐다. 선생님은 서로 도와가며 하라고 주의를 주지만, 그런 느리고 센스 없는 애가 끼면 결국 춤도 느리고 촌스러운 버전이 된다. 정말이지, 방해만 된다니까. 아즈사네 조는 그런 답답한 상황에 놓인 것이다.

"뭔데, 뭔데? 누구 얘기야?"

자판기에서 음료수를 사느라 늦게 합류한 내가 물었다.

"누구긴, 후쿠하라지. 후쿠하라 마유랑 같은 조 되면 진짜 힘들어."

아, 후쿠하라. 후쿠하라 마유. 초등학생 때 내 친구였던 아이다.

나는 와하하, 소리 내어 웃었다. "웬일이야, 진짜 안됐다."

도시락 뚜껑을 열자 닭튀김 냄새가 피어올랐다. 복숭아 향과 튀김 냄새가 뒤섞인 속에서 나는 후쿠하라의 자리를 힐끗 쳐다봤다. 다행히 교실에 없었다. 마유처럼 수수하고 조용한 부류는 지박령처럼 구석에 앉아 책을 읽거나 잠을 자고 있어서, 늘 거기 있는지 없는지 주의해서 살펴야 한다.

"마유는 원래 체육 꽝이었으니까. 아즈사가 고생이 많네."

마유는 어쩌다 아즈사와 같은 조가 되어서…. 좀 안됐다 싶어 나는 밥을 입에 넣으며 마음속으로 짧게 기도했다. 마유야, 행운을 빌게.

하지만 여자애들은 계속해서 마유에 대한 온갖 불만을 늘어놓았다. 그것은 체육 수업뿐 아니라 평소 모습이나 외모 비하로 번졌고, 교실은 순식간에 웃음바다가 되었다. 나도 웃었다. 마키짱도 참, 너무하다니까.

"근데 후쿠하라 말이야, 눈썹이 거의 이어져 있지 않아? 완전 고릴라 수준이잖아."

"맞아! 눈썹 폭이 남들 두 배는 되는 것 같아. 가로가 아니라 세로로!"

내가 그렇게 말하자 아이들은 일제히 폭소를 터뜨렸다. 나는 이 분위기가 식기 전에 회심의 일격을 날리고 싶었다.

"아, 맞다. 있잖아, 오늘 아침 국어 시간에 진짜 대박인 거 발견했어."

모두가 호기심 가득한 눈빛으로 나를 주시했다. 나는 책상 서랍에서 국어 핸드북을 꺼내 휘리릭 페이지를 넘겼다. 원하는 곳을 찾은 순간, 의기양양해서 손가락으로 사진 하나를 가리켰다.

"이거! 완전 똑같지 않아?"

내가 가리킨 것은 페이지 한가운데 큼직하게 실린 '노면'(일본의 전통 가면극인 '노'에서 등장인물이 쓰는 가면_역주)이었다. 눈썹이 축 처진 기묘한 표정의 하얀 탈.

"꺄악! 대박! 완전 똑같아!"

아이들은 발까지 동동 구르며 폭소했다.

이건 내가 생각해도 역대급 발견이었다. 마유의 볼살이며 처진 눈썹이 노면과 소름 끼칠 정도로 판박이였다.

"볼살 통통한 것도 그렇고, 완전 '오타후쿠'(둥글고 광대뼈가 튀어나온 납작한 얼굴을 한 여성, 또는 그런 얼굴 모양의 탈. 노 공연 등에 사용된다_역주) 같아."

내 말에 아즈사와 마키가 비명을 지르며 좋아했다. 우리는 뭔가에 감탄할 때면 늘 "완전 대박!"이라는 괴성을 내질렀다.

"오타후쿠네! 오타후쿠야!" "에리, 너 진짜 최고다! 이제 후쿠하라 얼굴만 봐도 오타후쿠가 생각날 것 같아." "아예 별명을 오타후쿠라고 부르는 건 어때? 성도 후쿠하라니까 찰떡이잖아!"

아즈사의 말에 다른 여자애들도 격하게 고개를 주억거렸다.

아니, 잠깐. 근데 그건 좀 위험하지 않나? 공식적인 별명으로 해버리면 본인 귀에 들어갈 수도 있는데.

하지만 내가 말릴 틈도 없이 여자애들은 아즈사의 말에 전적으로 동의하고, 서로 눈빛을 주고받으며 끄덕였다. "오타후쿠님!" 하며 분위기는 최고조로 무르익었다.

으음… 뭐, 괜찮겠지. 설마 후쿠하라 앞에서까지 그렇게 심한 말을 하진 않겠지.

나는 그렇게 대수롭지 않게 여겼다. 그 자리에 있던 아이들 모두 웃었고, 아즈사도 배를 잡고 웃고 있었다. 분위기가 한껏 무르익는 바람에 어쩔 수 없었다.

그렇게 해서 마유는 만장일치로 '오타후쿠'라는 별명을 얻게 되었다. 분위기에 휩쓸려 여자애들 사이에 끼어든 남자애들이 노면이 실린 페이지의 핸드북을 낚아채더니, 다시 웃음 바이러스를 퍼뜨렸다.

"진짜네, 오타후쿠 그 자체잖아!"

바보 같은 남자애들의 선두주자인 노다가 핸드북을 높이 치켜들고 웃었다. 그러더니 다른 남자애들에게까지 '오타후쿠 현상'은 삽시간에 퍼져 나갔다.

"오타후쿠. 오타후쿠." "걔, 치마도 길고 완전 촌

스럽잖아. 눈썹도 두껍고, 눈은 작아서 뜬 건지 감은 건지도 모르겠어. 아, 진짜 오타후쿠네.”

남자애들은 일단 흥이 오르면 좀처럼 자제란 걸 할 줄 모른다. 교실은 기묘할 정도로 하나가 된 분위기에 휩싸였다. 자기보다 등급이 낮은 애는 마음껏 깎아내려도 된다. 그런 풍조는 어느 그룹이든 비슷할지도 모른다. 그런데 우리가 계속 웃고 떠드는 사이, 어느새 마유가 교실에 돌아와 있었다.

아차, 할 새도 없었다. 큰 소리로 애들한테 주의를 줄 수조차 없었다. 마유는 교실이 대체 왜 이렇게 떠들썩한 건지 영문도 모른 채 어리둥절한 표정을 짓고 있었다.

노다는 마유 쪽으로 달려가더니, 그 애의 얼굴 바로 옆에 그 페이지를 펼쳤다. 하얗고 으스스한 노면 옆에 당황한 마유의 얼굴이 나란히 놓였다.

“와, 너 진짜 이거랑 똑같이 생겼다!”

노다가 대단한 발견이라는 듯 큰 소리로 말했다.

세상에. 본인 앞에서 대놓고 말하다니.

본격적인 장마철도 아닌데, 오후가 되자 일기예보대로 장대비가 쏟아지기 시작했다.

우산은 챙겼지만 집에 도착할 쯤이면 분명 온몸이 흠뻑 젖을 게 뻔했다. 테니스 라켓 케이스를 어깨에 메고 복도를 걷는데, 어디선가 코끝을 간지럽히는 '무지개 냄새'가 났다. 작년에 리호가 알려준 표현인데 꽤 마음에 든다. 옛 철학자가 한 말이라는데, 사실 여부와 상관없이 너무 낭만적이라 좋다.

아침까지만 해도 풀꽃 향기가 배어 있던 눅눅한 공기가 이제 완연한 비 냄새로 바뀌어 있었다. 리호의 말로는 식물에서 분비된 기름이 빗물에 씻겨 내려가면서 흙 속의 박테리아가 내뿜는 향이라고 했다.

외부 연결 통로를 급하게 내달린 탓에 치맛자락이 비에 젖어 축 처져버렸다. 옆으로 들이치는 세찬 빗줄기가 창문을 두드렸다. 아이들이 다 집에 돌아갔는지 현관에는 아무도 없었다. 그때 익숙한 뒷모습이 눈에 들어왔다.

나는 그 아이가 마유라는 걸 단번에 알아차렸다. 저토록 길고 촌스러운 치마를 입고 있으면 싫어도 눈에 띌 수밖에 없다.

아, 어쩌지. '오타후쿠 사건' 이후로 마유를 마주하기가 좀 껄끄러웠다. 마유는 내가 그 별명의 진원지라는 걸 아직 모르는 눈치지만, 그래도 마음 한구석이 찔리는 건 어쩔 수 없었다.

마유는 현관 유리문 앞에서 망연자실 서 있었다. 우산이 없는 모양이었다. 어깨를 축 늘어뜨린 채 주위를 두리번거리더니 우산꽂이 앞에서 나직이 한숨을 내뱉었다. 그러나 이내 포기한 듯 빗줄기가 쏟아지는 출구 쪽으로 발을 옮겼다.

답답하기는. 우산꽂이에는 버려진 게 분명한 낡은 비닐우산이 몇 개나 꽂혀 있었다. 슬쩍 가져다 쓴대도 뭐라 할 사람이 없을 텐데, 마유는 그대로 비를 맞고 갈 생각인 것 같았다. 아, 정말 못 말린다니까.

"마유."

내가 부르자 마유가 뒤를 돌아보았다. 짙은 눈썹

아래, 주뼛거리는 눈동자가 나를 향했다. 조금 놀란 눈치였다.

"우산 없어?"

내 물음에 마유는 잠시 망설이다가 고개를 끄덕였다.

"잠깐만 기다려 봐."

정말 손이 많이 가는 아이다. 중학교 2학년이 되어도 하나도 변한 게 없다. 그러고 보니 이렇게 말을 섞는 건 초등학교 이후 처음인데, 그때나 지금이나 여전히 굼뜨고 답답해서 챙겨줘야만 하는 아이다웠다. 나는 우산꽂이에서 내 비닐우산을 꺼내 내밀었다. 손잡이에 고무줄이 감겨 있어 한눈에 찾을 수 있었다. 마유는 가느다란 눈을 깜빡이며 입을 벌리고 있었다.

"이거 쓰라고."

다시 우산을 내밀며 말했다. 마유는 좀처럼 우산을 받으려 하지 않았다.

"난 하나 더 있어."

그제야 마유는 우산을 건네받았다. 나는 가방에

서 접이식 우산을 꺼냈다. 마유는 사용법을 까먹기라도 한 사람처럼 한동안 우산을 들고 그대로 서 있었다. 내가 우산을 펼치자, 마유도 비닐우산 끝을 출구 쪽으로 돌렸다. 투명한 비닐 막이 마유의 움츠러든 어깨를 넉넉히 감싸주었다.

"고마워."

빗소리에 씻겨 내려갈 듯 가냘픈 목소리였다.

현관 밖으로 나오자 바람까지 불어 세찬 빗방울이 다리를 때렸다. 마유를 봤더니 그 길고 촌스러운 치마가 젖어 있었다. 금세 무겁게 늘어져 다리에 감길 것 같았다.

만약 아즈사 무리와 함께였다면 우리는 까르르 웃으며 빗속을 내달렸을 것이다. 옷 젖는 것쯤이야 무시하고 엉뚱한 말을 주고받으며 신나고 즐겁게 교문을 나섰겠지. 하지만 마유는 뛰지 않았다. 큰 소리를 내거나 웃지도 않았다. 우산을 두드리는 빗소리에 겁먹은 아이처럼 목을 잔뜩 움츠리고 있었다.

나는 보폭을 늦추며 마유를 슬쩍 살폈다. 너무 오랜만이라 무슨 말을 해야 할지 떠오르지 않았다.

예전엔 우린 대체 무슨 얘길 나누며 놀았지?

"일기예보, 안 봤어?" "…."

마유는 나와 눈도 마주치지 않고 조용히 고개를
저었다.

"근데 왜 우산을 안 갖고 왔어?"

마유는 대답하지 않았다.

"우산을 깜박했어도 그냥 거기 있는 거 쓰지 그랬
어. 어차피 주인 없는 우산들인데. 이 빗속을 우산
도 없이 가려고 그랬어?"

하다못해 교무실에 가서 선생님한테 빌려도 될
텐데. 하지만 마유는 선생님을 찾아가느니 차라리
쫄딱 젖는 쪽을 택할 아이다.

말을 잃은 마법에라도 걸린 걸까, 아니면 하루에
내뱉을 수 있는 단어 수가 정해진 저주에라도 걸린
걸까. 마유는 아무런 말이 없었다.

화단으로 둘러싸인 좁은 골목에 접어들었을 때였
다. 지나가는 차를 피하려 멈춰 섰는데, 마유가 들
릴 듯 말 듯한 목소리로 입을 열었다.

"뭐라고? 잘 안 들려."

나는 우산을 살짝 들어 올려 마유를 바라보았다.

"우산…" 마유는 여전히 고개 숙인 채 속삭였다. "없어서, 그랬어." "없다니?"

"누가… 착각해서 가져가버린 것 같아."

나는 작게 한숨을 내쉬고, 우산을 들고 있던 손을 바꿔 쥐었다. 누군가가 마유의 우산을 착각해서 가져갔다니, 그런 일이 있을 수 있나? 몸에 달라붙는 빗방울이 서서히 피부를 뚫고 침투하는 것처럼 싸늘한 예감이 심장 부근을 스치고 지나갔다. 착각해서 가져갔다고?

마유가 평소 쓰던 우산은 화려하고 촌스러운 분홍색 물방울무늬 우산이었다. 중학생이라면 창피해서 들고 다니지 않을 우산.

빗줄기가 점점 더 거세졌다. 마유와 내 교복 치마가 무겁게 젖어갔다.

*

아, 리호한테 CD 돌려주는 걸 깜빡했다.

탈의실 로커 안에 짐을 넣으려고 가방을 열었더니

빌렸던 CD 케이스가 구석에 콕 박혀 있었다.

리호는 벌써 집에 갔으려나. 천문부는 뭘 하는 곳일까. 대낮부터 망원경으로 별을 볼 수도 없을 텐데. 일단 학교에 있는지 물어보려 메시지를 보냈다. 답장을 기다리는 동안 교복을 갈아입었다. 조끼를 걷어 올리고 치마를 배 위까지 바짝 끌어올린 다음, 고무줄 벨트로 단단히 고정했다. 허벅지가 보일 정도로 짧게 만든 정도. 요즘 내가 고수하는 치마 길이다. 우리 학교 교복은 블레이저 스타일이라 자칫하면 너무 단정해 보이기 때문에 조끼 밑으로 살짝 비치는 치마 주름의 면적이 예뻐 보이는 '황금비율'을 찾는 것이 중요하다.

좋아, 완벽해.

처음 치마를 짧게 입었을 때, 나는 왠지 어른이 된 것 같은 기분이 들었다. 1학년 여름방학이 끝날 무렵이었다. 당시엔 치마를 짧게 입는 아이들이 몇 없었지만, 나는 동아리 선배나 고등학생들의 살랑거리는 플리츠 스커트를 볼 때마다 너무 예뻐서 빨리 내 걸로 만들고 싶었다.

교칙으로 정해진 치마 길이는 어떻게 봐도 이상했다. 허리춤을 몇 번 접어 올려 무릎만 살짝 드러내도, 꽉 막힌 규율에 얽매였던 차림이 한층 경쾌해진다. 촌스러운 교복이 아이돌 의상이나 만화 캐릭터처럼 귀여워 보이기까지 하니까. 그에 비해 정강이까지 내려오는 긴 치마는 아무리 봐도 촌스럽고 고리타분해 보인다. 어른들에게는 모범생 같겠지만, 우리 세계에서는 완전 마이너스다. 그렇게 보이는 순간 교실 내 순위가 떨어진다.

교실 안에서의 순위는 절대적이다. 비슷한 수준끼리 모여야 대화가 통하고 유대감도 생긴다. 등급이 다른 아이들과는 친해질 수도 없고, 억지로 어울릴 필요도 없다. 우수한 종은 우수한 종끼리 엮이게 마련이다. 치마를 짧게 입는 애들은 그만큼 감각 있는 애들과 놀면 된다. 영원히 긴 치마만 고집할 것 같은, 교실 구석에서 숨죽여 사는 애들과는 취미도 성격도 맞지 않는다. 설령 초등학생 때 마유와 친구였다 해도, 지금처럼 등급이 벌어진 상태에서 굳이 섞일 이유는 없었다. 인간은 어차피 '종'이 다른 상대와는 진정한 의미로 친해질 수 없으니까. 전쟁이 일어나고 다툼이 생기는 것도 결국 그런 이치다. 그리고 언제나 우수한 쪽만이 살아남는 법이다.

옷을 갈아입고 라켓 케이스를 멨을 때, 리호에게 답장이 왔다.

[아직 학교야. 생물실. ☆♫] 문장이 별과 음표로 예쁘게 꾸며져 있었다. 생물실이 어디 있냐고 물었더니 '4층 끝'이라는 답장이 바로 왔다. 4층 끝이라니, 꽤 먼 데 있네.

탈의실을 나와 외부 연결 통로를 지나 본관으로 돌아갔다. 본관 복도가 저물어가는 노을빛에 붉게 물들어 있었다. 인적 없는 조용한 계단을 두 칸씩 뛰어 올라갔다. 생물실 문 앞에서 노크하자, "네!" 하는 리호의 목소리가 들리고 문이 열렸다.

"에리, 왔구나." "응, 안녕."

가방을 열어 CD를 건네며 말했다.

"고마워, 잘 들었어. 네 말대로 진짜 좋더라."

"그치? 마음에 들면 하나 사는 것도 괜찮아. 아티스트에 대한 예의니까."

용돈을 쪼개 쓰는 내 처지에선 그 정도까진 아닌데 싶었지만 웃으며 얼버무렸다.

리호는 무조건 정품을 고집하는 의리 있는 아이였다. 실은 그게 맞겠지만, 모든 중학생이 그런 경제적 여유를 가질 순 없다. 그것보다 난 지금 새 라켓 가방이 더 필요하다.

리호가 내 치마를 슬쩍 보더니 말했다.

"아, 벌써 줄였구나. 선생님한테 들키면 어쩌려고?"

"이 정도는 괜찮아. 그보다, 뒤쪽은 어떤지 봐줘."

나는 뒤를 돌아 리호에게 뒷모습을 보였다. 치마를 올리다 보면 앞뒤 길이가 어긋나 촌스러워 보일 때가 있다. "오케이, 완벽해 아가씨." 리호가 장난스럽게 웃으며 말했다.

리호와 헤어지고 텅 빈 복도를 걸어 내려왔다. 문득 누군가의 목소리가 귓가를 간지럽혔다.

아무도 없을 텐데, 무슨 소리지? 걸음을 멈추고 라켓 케이스를 고쳐 멨다. 그것은 노랫소리였다. 부드럽게 공기 중을 유영하며 멀리 뻗어 나가는 기분 좋은 울림. 여러 겹의 목소리가 어우러져 정적을 흔들고 있었다. 대체 어디서 들리는 걸까. 반쯤 열린 교실 문틈 사이로 내부를 들여다보았다. 아, 그러고 보니 우리 학교에 합창부가 있었지.

순간, 눈이 부셔 눈을 가늘게 떴다. 창문을 뚫고 들어온 저녁노을이 교실 전체를 황금빛으로 물들이고 있었다. 붉은 빛 속에서 세 명의 여학생이 노래를 하고 있었다. 활짝 열린 창문으로 불어온 바람에 새하얀 커튼이 노랫소리에 맞춰 춤을 추듯 나부꼈다.

세 사람뿐인 합창. 역광 탓에 그림자가 베일처럼 그들의 표정을 가리고 있었다. 마치 다른 세계에서 오려낸 한 조각처럼 비현실적으로 아름다웠다. 나부끼는 커튼은 천사의 날개 같았고, 빛의 공간을 채우는 목소리는 애틋하면서도 다정했다. 낯익은 멜로디였다. 〈그 멋진 사랑을 다시 한 번〉.

세 명의 천사가 노래하고 있었다. 그리고 그중 한 명과 눈이 마주쳤다.

마유였다.

심장이 쿵쾅거리기 시작했다. 나는 당황해서 황

급히 얼굴을 숨기고 복도를 달려 내려갔다. 도망칠 이유가 없었는데도 무작정 계단을 뛰어 내려갔다. 어깨에서 라켓 케이스가 자꾸만 흘러내렸다. 손바닥을 왼쪽 가슴에 대보았지만, 거친 고동은 가라앉지 않았다.

마유를 보고 '아름답다'고 생각하다니. 그럴 리 없다. 말도 안 된다. 그건 명백한 착각이다. 굼뜨고 촌스러운 마유를, 긴 치마를 입고 구석에 처박혀 지내는 그 음침한 아이를. 나보다 한참이나 등급이 낮은 그 아이를 내가 동경할 리가 없다.

내가 더 위야. 내 등급이 훨씬 높단 말이야.

학교 건물을 빠져나오는 내내 그 노랫소리가 귓가에서 떠나지 않았다. 황금빛으로 물든 세계와 세 명의 천사가 남긴 잔상이 뇌리에 깊게 박혀 지워지지 않았다.

그런데… 그 아이들의 치마 길이는 어땠더라?

나는 계단을 뛰어 내려가며 그런 생각을 하고 있었다.

*

마유를 조롱하는 목소리는 널리 퍼졌고, 급기야 구체적인 독을 품기 시작했다. 내가 생각 없이 내뱉은 한마디가 무리의 경계를 넘어 불길처럼 번져갔다. 남자애들 귀에 들어간 것이 결정적이었다. '오타후쿠 균'이라는 말이 유행처럼 번졌다. 마유가 만진 물건에 손을 대면 볼거리(오타후쿠는 일본어로 볼거리라는 뜻도 있다_역주)가 옮는다는 식의 유치한 장난을 치는 남자애들이 늘어났다.

솔직히 그건 좀 심하다고 생각했다. 여자애들은 마유 앞에서는 '후쿠하라'라고 이름을 불렀지만, 뒤에서는 꼭 '오타후쿠 씨'라며 낄낄거렸다. 심지어 어떤 아이들은 오타후쿠의 또 다른 이름인 '오카메'라고 부르기도 했다.

마유가 놀림 받는 캐릭터로 자리 잡는다면 그것도 나름대로 괜찮지 않나 하는 생각을 했다. 어느 교실에나 놀림 받는 캐릭터는 한 명쯤 있으니까. 모두에게 관심을 받는 만큼 오히려 행복할지도 모른다는 비겁한 합리화를 했다. 하지만 불길한 의구심도 들었다. 며칠 전 사라진 마유의 우산. 그것이 누군가의 실수가 아니라 고의로 숨긴 거라면? 그렇다면 이야기는 달라진다. 그건 명백한 폭력이니까. 나는 그저 재미있는 사실을 발견해 알려준 것뿐인데. 당사자가 없는 자리에서 가볍게 끝나는 농담일 뿐이라고 믿고 싶었다. 마유에게 상처 주는 일은 없을 거라고.

하지만 나는 다른 아이들과 함께 배를 잡고 웃었다. 구역질나는 도시락 냄새에 둘러싸인 채 친구들과 어울려 즐거운 듯 점심을 먹었다. 나는 마유의 편이 아니니까. 마유와는 다른 계급, 이쪽 세계의 사람이니까.

"오타후쿠는 치마가 왜 저렇게 긴 걸까?" 마키의 비웃음에 아즈사가 즉각 대꾸했다.

"다리가 짧아서 가리려고 그런 거잖아." 모두가 빵 터졌다.

"진짜? 대박!" 나 역시 놀란 척 웃어보였다. 억지로라도 웃어야 내가 이 무리의 일원임을 증명한다.

"하긴, 자세히 보면 그럴지도 모르겠다."

그러자 가나코가 비장의 카드를 꺼내듯 말을 이었다. "그래서 말인데, 내가 딱 봤다니까. 오타후쿠 씨 옷 갈아입는 거."

에, 뭐야, 뭐야 하고 옆 그룹의 아이들까지 대화에 끼어들며 교실 분위기가 더욱 소란스러워졌다. 가나코가 의기양양한 얼굴로 덧붙였다. "체육복 바지 입을 때 다리를 올렸는데, 글쎄 정강이에 털이, 와, 장난 아니었어. 꼭 고릴라 같았다니까."

여자애들이 비명을 지르고 책상을 두들겨대며 웃었다. "말도 안 돼! 진짜야?"

가나코는 제 눈을 누르며 신음하는 시늉을 했다. "내 눈이 썩을 뻔했다니까!"

우리는 깔깔대며 웃었다. 아즈사도, 가나코도, 마키도 모두 진심으로 즐거워 보였다. 그래서 나도 즐거운 척을 했다. 너무 웃겨서 배가 아프다는 표정을 지으며 손뼉까지 치면서.

그런 상황에서 그만하라는 말을 할 수는 없다. 내가 시작했으니까. 내가 자진해서 마유를 '오타후쿠'

라고 명명해놓고 이제 와서 모범생 같은 얼굴로 입바른 소리를 할 수는 없었다. 그랬다가는 친구를 배신하고 아무렇지 않은 얼굴을 할 수 있는 인간이라는 걸 들켜버릴 테니까. 그러면 내 등급은 추락할 것이고, 공들여 잡아놓은 치마 주름은 빗물에 젖은 것처럼 힘없이 무너져 내릴 터였다. 그 추락을 상상하는 것만으로도 소름 끼치게 싫었다.

갑자기 떠들썩하던 교실에 기묘한 정적이 흘렀다. 도시락을 둘러싸고 앉아 있던 아이들이 무언가를 빤히 쳐다보고 있었다.

나는 젓가락을 움직여 비엔나소시지를 집으려 했지만, 손끝이 떨려 소시지가 도시락통 바닥에 미끄러지며 달그락 소리를 냈다. 고개를 들어 아이들이 보는 방향을 쫓았다. 교실 출입문이었다.

마유가 문간에 굳은 채 서 있었다.

가슴 깊은 곳이 서늘하게 식는 게 느껴졌다. 들은 건가? 본 걸까? 언제부터 저기 있었던 거지? 내가 비웃는 모습까지 다 보았나? 당황해서 아즈사 쪽으로 시선을 돌렸다. 모두 미소를 띤 채 웃고 있었다.

그야말로 '노면' 같은 미소였다. 그들은 조금도 위축된 기색 없이 우스꽝스러운 구경거리를 보듯 마유를 바라봤다.

"오타후쿠."

누군가 중얼거리자 풉, 하고 웃음이 터지고 키득거리는 소리가 번졌다.

"오타후쿠 씨."

또 누군가 말했다. 도저히 못 참겠다는 듯 자연스럽게 흘러나온 소리였다.

"오타후쿠 씨." "진짜네. 오타후쿠 씨가 돌아왔다!"

교실 전체가 키득거리기 시작했다. 다 들었겠지. 근데 정말 똑 닮았어. 아이들은 아무렇지 않은 얼굴로 마유를 난도질했다. 오타후쿠 씨. 오카메. 오타후쿠. 오카메⋯.

마유는 그대로 교실을 뛰쳐나갔다. 교실은 거대한 웃음의 소용돌이에 휘말렸다.

"어머, 다 들었나 봐." 아즈사가 귀여운 척하며 말했다.

"뭐, 어때? 사실인데." 누군가 덧붙였다. "진짜 그렇네. 사실이니 어쩔 수 없지."

나 역시 웃으며 동조했다. 뺨에 경련이 일고 이가 덜덜 떨렸다. 엄마가 정성껏 싸준 도시락 뚜껑을 덮고 자리에서 일어났다. 무릎에 힘이 들어가지 않아 살짝 비틀거렸다.

"에리, 왜 그래?" "나 잠깐 화장실 좀."

복도로 나오자마자 답답한 가슴을 꾹 눌렀다. 속이 울렁거렸다. 방금 먹은 밥을 다 토할 것 같았다. 조끼를 걷어 올리고 치마를 조이는 벨트를 헐겁게 풀었다. 숨이 막혀 견딜 수 없었다.

복도 한가운데에서 누군가 쭈그리고 앉아 무언가를 줍고 있었다. 리호였다. 고개를 든 리호와 눈이 마주쳤다. 리호는 의아한 표정으로 내게 다가왔다. 손에는 전단지를 들고 있었다.

"저기, 에리. 마유한테 무슨 일 있어?"

그걸 왜 나한테 묻는 거야. 아, 그렇지. 리호는 우리가 같은 초등학교 출신이라 아직 마유와 친하다고 생각하는 거다. 내가 방금 저 교실 안에서 무슨 짓을 했는지 리호는 상상도 못할 것이다. 그래, 일반적인 인간이라면 친구였던 아이를 조롱하고 짓밟는 그런 행동은 할 수 없을 테니까.

"아무 일도 없어."

밝게 말하려 했지만 축 저진 소리가 나왔다. 리호가 수상하다는 듯 고개를 갸웃하며 전단지 뭉치를 내밀었다.

"이거 마유가 들고 있던 건데, 아까 부딪히면서 떨어뜨렸어. 그대로 어디론가 가버려서 못 전해줬네."

나는 리호가 내미는 전단지 하나를 받았다. '합창부 콘서트 안내문'이라고 적혀 있었다.

"마유, 어디로 갔는지 알아?" "글쎄… 계단 쪽으로 내려간 것 같은데."

나는 리호가 가리킨 방향으로 걸음을 옮겼다.

나는 상관없어. 나랑은 상관없다고.

스스로에게 주문을 걸 듯 되뇌면서도, 내 발길은 이미 계단을 향해 달려가고 있었다.

*

"예쁘다."

마유가 갑자기 길가에 쪼그려 앉는 바람에, 내 시선도 자연스레 그 빨간 책가방 너머를 향했다. 연한 복숭아색 꽃들이 피어 있었다. 노란 암꽃술과 부드럽고 고운 얇은 꽃잎이 눈길을 끌었다. 길가에 이런 꽃이 피는 게 신기해서 나도 넋 놓고 바라보았다. 초등학생이던 시절이었다.

"예뻐."

마유는 그 말만 했다. 나중에 알게 된 그 꽃의 이름은 개양귀비였다.

마유를 뒤쫓아 건물 뒤편으로 걸어가다 화단에서 비슷한 꽃을 발견하고는 문득 그날의 기억이 떠올랐다. 출입구 신발장에 마유의 신발이 없는 걸 확인하고 무작정 건물 뒤쪽으로 걸음을 옮겼다. 마유가 어떤 마음일지는 몰라도, 나라면 그런 상황일 때 적막한 곳을 찾을 것 같았다. 아무도 없고, 누구에게도 들키지 않을 곳. 누구의 시선도 신경 쓰지 않아도 되는 곳으로 숨고 싶을 테니까.

짐작대로, 마유는 거기 있었다.

평소에는 사람들의 발길이 닿지 않는 건물 뒤편 계단. 마유는 그곳에 걸터앉아 멀리 테니스 코트 쪽을 바라보고 있었다. 무슨 말을 해야 할지 몰라 목구멍이 바짝 말라붙었다. 입술을 달싹이며 한참을 우두커니 서 있었다.

"마유."

결국 마땅한 말을 찾지 못해 이름만 불렀다. 마유의 어깨가 움찔하더니 돌아보았다. 울고 있으면 어쩌나 걱정했는데 다행히 눈물은 보이지 않았다.

나를 본 마유가 무슨 말을 했지만 알아들을 수 없었다. 웅얼거리는 말투는 예전이나 지금이나 변함이 없었다. 나는 입술을 꾹 다문 채 마유에게 다가갔다. 뭐라도 말해야 한다고 생각했다. 하지만 아무 말도 할 수 없었다.

마유는 머리를 숙이고 있다가 다시 고개를 들었다. 내 손에 들린 전단지를 보더니 의아한 표정을 지었다. "이거?" 내가 묻자, 마유는 천천히 고개를 끄덕였다.

"리호가 주워줬어. 나중에 가지러 가봐."

나는 전단지로 시선을 떨구며 물었다.

"이거, 너도 나오는 거야?"

마유는 우는 건지 웃는 건지 알 수 없는 모호한 표정을 지었다. 흐릿한 미소. 차라리 좀 더 분명하게 표현해주지. 웃을 거면 웃고, 울 거면 울어. 화를 낼 거라면 제대로 화를 내란 말이야. 나를 원망하고 미워해도 좋으니까.

"우산….." 마유가 고개를 숙인 채 중얼거렸다.

"응?" "돌려주지 못해서 미안해." "왜 네가 사과를 해?"

내가 퉁명스럽게 말하자 마유는 긴 치마로 덮인 무릎을 끌어안으며 얼굴을 묻었다.

"교실에서 돌려주면… 민폐가 될 테니까."

심장이 덜컥 내려앉았다. 아무 말도 할 수 없었다. 마유의 말은 정확했다. 내가 마유와 가깝다는 게 알려지면 나 역시 마유와 비슷한 취급을 받게 될 것이다. 내 치마는 짧지만, 한순간에 내 치마 길이는 마유의 것과 똑같아져버릴 것이다.

나는 그것이 두려웠다. 진심으로 바라지 않았다. 우리는 다르니까. 다른 부류의 인간이니까. 나는 저 비참한 밑바닥으로 가고 싶지 않았다. 반짝이는 그룹 안에서 빛나고 싶었다. 한없이 얄팍하고 이기적인 인간이라고 비난해도 어쩔 수 없었다.

괜찮다고 말하지도, 나중에 돌려달라는 말도 꺼내지 못했다. 입을 열면 무슨 말이 튀어나올지 몰라 마유를 쫓아온 것을 후회했다.

"에리짱."

마유가 나를 불렀다. 그런 식으로 불린 건 정말 오랜만이었다.

"혹시, 괜찮으면⋯."

다음 말을 기다렸지만 마유는 다시 고개를 숙여버렸다. 마유의 시선이 내 손에 든 전단지에 머물렀다. 나는 거기에 적힌 시간과 장소를 확인했다. 다음 주 일요일.

나는 전단지를 반으로 접고, 다시 반으로 접어 치마 주머니에 쑤셔 넣었다. 곧 예비 종이 울릴 시간이었다.

＊

마유를 계단에 남겨둔 채 교실로 돌아와 태연한 얼굴로 도시락을 정리했다. 화장실 거울 앞에서 흘러내린 치마 벨트를 고쳐 매고 위치를 바로잡았다. 교실로 돌아와 다음 수업 교과서를 꺼내고 노트를 펼쳤다. 끼워둔 유인물 몇 장을 확인하며 지난 수업 내용을 되새겼다. 여자애들의 키득거리는 소리가 다시 들려왔다. 아즈사 무리가 수군대고 있었다.

"헐, 오타후쿠 아직도 안 돌아왔어." 누군가 킬킬대며 말을 얹었다.

"충격 받아서 조퇴한 거 아냐?" "에이, 설마. 오타후쿠가 내세울 건 공부밖에 없는데 수업을 빼먹을 리가 없지."

키득키득, 깔깔. 비아냥과 조롱이 담긴 악의적인 웃음소리가 파동처럼 교실을 훑고 지나갔다. 나는 필통에서 샤프를 꺼내 샤프심을 연달아 눌렀다.

왜일까. 도대체 왜 그러는 걸까. 마유는 그저 교칙을 지키고 있을 뿐이다. 정해진 규칙을 따르고 있을 뿐인데, 어째서 그 이유만으로 놀림 받고 무시당해야 하는 걸까. 단지 치마 길이가 다르다는 이유로 서로 상종하지 못할 사람처럼 지내는 게 맞는 걸까. 어쩌면 겉모습만 다를 뿐, 우리 안의 본질은 똑같을지 모르는데. 그런데 왜 우수한 종과 열등한 종, 빛나는 자와 구석에 숨은 자, 등급이 높은 아이와 낮은 아이, 아름다운 생명체와 그렇지 않은 것으로 나뉘어야 하는 거지.

"있잖아, 에리."

앞자리에 앉은 아즈사가 뒤돌아보며 말을 걸었다. 윤기 흐르는 머릿결과 정교하게 다듬어진 눈썹, 립글로스를 발라 반짝이는 입술.

"아까 애들이랑 얘기했는데, 다음 주 일요일에 쇼핑 가기로 했거든. 에리 너도 갈 거지?"

아즈사는 대답을 기다리는 듯 고개를 살짝 기울였다. 하지만 눈빛은 거절 따위는 용납하지 않겠다는 지배자의 서늘한 기운이 깃들어 있었다.

"다음 주 일요일은…."

나는 조용히 되뇌었다. 손끝이 치마 주머니 속 전

단지를 더듬었다.

그래, 마유와 약속한 건 아니니까. 가겠다고 말한 적도 없으니 배신하는 건 아니지. 애초에 내가 그곳에 간다고 해서 뭐가 달라질까. 마유를 마주했을 때 어떤 표정을 지어야 할까. 내가 다 잘못했다고, 정말 미안하다고, 고개를 숙일 수 있을까.

우리는 어쩌다 이렇게 됐을까.

복도에 울려 퍼지던 마유의 노랫소리가 귓가를 맴돌았다. 한때 길가의 꽃을 보고 예쁘다고 입을 모으던 그 마음은 이제 어디로 가버린 걸까.

"나는⋯."

고개를 들어 아즈사를 보았다.

주머니 속 전단지의 감촉이 손끝 아래에서 아주 희미하게 느껴졌다.

5. 방과 후 초점 맞추기

팔을 들어 올린다. 손에 든 스마트폰 전면 카메라 렌즈는 바늘구멍처럼 작다. 그 조그만 점을 응시하며 액정 화면에 비친 나의 몸을 확인했다.

조금만 더, 화면을 기울여본다. 렌즈가 앞면에도 달렸다는 건 참 편리한 일이다. 거울 대용으로 쓸 수도 있으니까. 하지만 진짜 거울만큼 선명하게 반짝이지는 않는다. 화면 속 내 모습은 왠지 흐릿하고 어둡게 보였다. 최신 기종에 최고의 화질을 자랑한다는 광고는 다 과장이었나. 포즈를 잡고 버튼을 눌렀다.

찰칵.

어라, 또 초점이 엇나갔다. 몸의 실루엣이 흐릿하게 뭉개졌다. 또 빛이 엉뚱한 곳에 닿았나 보다. 이

스마트폰 카메라는 얼굴을 자동 인식해 초점을 맞추는 방식이라, 화면에 얼굴이 들어가지 않으면 가끔 갈피를 못 잡고 엉뚱한 곳에 초점이 잡혔다. 물론 나는 몸을 찍는 것이 목적이라 얼굴은 화면 밖으로 밀어내버린다. 이 얼굴을 업로드해봤자 좋아할 사람은 없을 테니까.

하지만 몸매는 좀 자신 있다. 중학생치고는 발육이 좋다는 댓글이 종종 달리곤 하니까. 볼륨을 살려주는 속옷 덕분인지 사진 속 나는 제법 근사해 보였다. 이 정도면 속옷 광고 모델도 할 수 있겠는데.

하늘색 브래지어 위에 같은 색 캐미솔만 걸친 모습이 화면을 채운다. 드러난 어깨는 뼈가 도드라져 앙상한 느낌이라 조금만 살이 붙으면 더 섹시해질 것 같다. 그래도 쇄골은 자주 칭찬을 듣는다. 그리고 또 하나, 사람들은 내 허벅지에 열광한다. 스레드에 허벅지 사진만 한 장 올려도 분위기가 금세 달아오른다. 짧은 교복 치마 아래로 드러난 다리를 찍어 올릴 때마다 온라인 속 관중들의 반응은 폭발적이었다. 남자들은 참 단순하고 바보 같다. 그래도 쏟아지는 칭찬이 싫지는 않다.

결과물을 확인하며 몇 번 더 셔터를 누른다. 역시 빛이 부족하다. 날이 저물어 커튼을 열어봤자 방 안이 더 밝아지지는 않을 것이다.

나는 피부가 희다. 하지만 어떻게 찍어야 맑고 투명해서 한눈에 반해버릴 것 같은 피부 결을 표현할 수 있는지 잘 모르겠다. 잡지 화보 속 아이돌 같은 매끄러운 이미지를 원하지만, 화면 속 사진은 어둡고 거칠기만 하다. 좁은 방 형광등 아래에서 찍는 사진의 한계인지도. 그렇다고 밖에서 찍을 순 없다. 이런 차림으로 사진을 찍는 건 오직 이 방 안에서만 가능한 일이니까.

혹시나 하는 마음에 겉옷을 걸치고 커튼을 걷어 창문을 살짝 열었다. 캄캄했다. 바로 옆 가로등 불빛만 밝게 빛날 뿐 캄캄해서 아무것도 보이지 않는다. 아직 여름의 기운이 남은 바람이 방 안으로 불어온다. 덥지도 춥지도 않은, 기분 좋게 느껴지는 공기였다. 나는 침대에 누워 다시 스마트폰으로 커뮤니티에 접속했다.

평소처럼 스레드를 열고 사진을 하나씩 업로드한다. 처음엔 교복 차림의 평범한 사진부터 시작해 허벅지, 블라우스 단추를 살짝 푼 실루엣 순으로 사람들을 애태우듯 한 장씩 추가한다. 몇 분도 채 지나지 않아 수많은 댓글이 폭포처럼 쏟아졌다.

[여신 강림!] [대박] [비쳤다, 너무 예뻐!] [기다렸어요!]

수백 개의 시선이 한꺼번에 나를 향하고 있는 것 같았다. 화면 너머 어둠 속에 숨어 나를 훔쳐보는 사람들은 더 자극적인 것을 원한다며 아우성쳤다. 나는 그들을 약 올리듯 상냥하게 댓글을 달았다.

[안 돼~]

아쉬워하는 반응이 쏟아졌다. 조회수와 하트 숫자가 빠르게 올라갔다.

[어쩔 수 없네~]

나는 다시 댓글을 달고, 아슬아슬한 치마 밑으로 드러난 다리 사진을 올렸다. 반응이 폭발적으로 나타났다. 쏟아지는 스포트라이트와 환호, 박수갈채.

[여신님]

이 세계에서 나는 여신이 될 수 있다.

"시오리!"

아래층에서 엄마가 나를 불렀다. 그 목소리가 다른 세계에 머물던 내 의식을 단번에 현실로 끌어내렸다. 뱃속 깊은 곳이 움찔할 만큼 오싹하고 불쾌했다. 나는 깜짝 놀라 침대에서 벌떡 일어났다.

"저녁 먹자, 내려와."

"네."

나는 넌더리나는 기분으로 크게 대답하고, 나를 향한 찬사가 가득한 스마트폰 창을 닫았다.

*

초점이 맞지 않는다. 주변 풍경은 형체를 알아볼 수 없이 어둡고 눅눅하게 번져 있었다.

점심시간, 나에게는 다른 아이들과 대화할 기회가 거의 주어지지 않는다.

"시오리, 지금 한가하지? 미안하지만 이거 야나기 선생님께 좀 가져다줄래?"

책상 앞으로 다가온 요코가 한 말에 나는 조건반

사적으로 고개를 끄덕였다. 그리고 나서야, 왜 하필 나지? 하는 눈빛으로 요코를 바라보았다.

"그 선생님, 난 좀 별로라서."

그러니까, 부려먹기 좋은 심부름꾼이 필요했다는 뜻이다. 하지만 딱히 거절할 명분도 떠오르지 않았다. 요코 말대로 나는 시간이 남아도니까. 떠들썩한 교실 안에서 멀뚱멀뚱 앉아 있는 내가 그 애의 눈에 띄었을 것이다. 요코는 친구다. 친구… 맞겠지. 나오의 친구니까, 친구의 친구도 친구잖아.

"아, 다행이다. 그럼 부탁해."

대꾸할 틈도 없이 요코는 수다 떠는 무리 속으로 홀가분하게 돌아갔다. 요시자와나 오니시 같은 아이들의 커다란 웃음소리가 복도까지 따라붙었다. 그 무리의 중심에는 나오가 있었다.

나오를 보자 괜히 마음이 조급해져 걸음이 빨라졌다. 얼른 다녀오자. 그다음엔? 특별히 할 일은 없다. 교실 입구를 나서며 슬쩍 뒤를 돌아봤다. 나오는 즐거운 듯 웃으며 요코 무리와 이야기꽃을 피우고 있었다. 창가 쪽 자리는 햇살이 잘 들어 유독 밝고 화사했다. 마치 그 자리만 선택받아 초점이 선명하게 맞춰진 것처럼.

그에 비해 나는 어떨까. 빛은 애초에 닿지도 않는다. 주변은 늘 흐릿하고, 나는 신문지에 떨어진 빗방울처럼 지저분하게 번진 형상으로 남겨진다. 치마를 줄이지도, 동아리에 열을 올리지도 않는 수수하고 평범한 아이. 예쁘지 않으니 남자친구도 없다. 밸런타인데이나 크리스마스 같은 건 나와는 전혀 상관없는, 다른 세상의 이야기일 뿐이다. 나오도 나와 같은 부류라고 믿었는데.

"있잖아, 선배 생일 선물로 뭐가 좋을까?"

지난주, 나오는 들뜬 얼굴로 내 앞자리에 앉아 그렇게 물었다. 왜 나한테 그런 걸 묻는지 짜증이 나기도 했지만, 이런 고민을 말할 사람은 역시 나뿐이구나 싶어 우쭐한 마음이 들었던 것도 사실이다. 나는 애매한 기분으로, "글쎄… 남자애들은 뭘 좋아하려나?" 하고 고개를 갸웃거렸을 뿐이다.

봄부터 나오에게 남자친구가 생겼다. 3학년 선배

였다. 초등학교 때부터 늘 함께였던 우리는 중학교에 와서도 계속 같은 반이었다. 나오는 토끼나 다람쥐처럼 귀엽고 사랑스러운 아이였다. 예쁘다기보다는 지켜주고 싶은 마음이 들게 하는 아이. 미움받지 않도록 유전자에 새겨진 듯 누구에게나 사랑받는 재능을 타고난 그런 아이였다. 그래서 나는 나오를 지켜줄 사람은 나뿐이라고 생각했다. 나오는 중학교 진학할 때 나와 헤어지기 싫다며 펑펑 울어 부모님을 난처하게 할 정도로 나에게 집착했고, 결국 집에서 먼 이곳 북중학교까지 따라오게 되었다.

세키노 선배와 사귀게 됐다는 말을 들었을 때, 나는 얼빠진 얼굴로 웃으며 말했다.

"사랑이 이루어져서 잘됐네."

그러자 나오는 흡족한 표정으로 대답했다.

"이 학교로 오길 잘했어. 안 그랬으면 선배를 못 만났을 거 아냐."

그 말은 한겨울 눈보라처럼 내 미소를 순식간에 얼려버렸다. '네가 이 학교를 택한 건 나랑 있고 싶어서였잖아. 안 그래?'라고 묻고 싶었지만, 나오는 이미 모든 걸 잊은 사람처럼 눈부시게 빛나고 있었다. 뿐만 아니라 사랑받는 재능을 타고난 아이답게 교실의 인기 스타가 되어 요코 같은 아이들과 어울리기 시작했다. 나와는 다른, '양지'의 아이들. 빛이 잘 들고, 초점의 중심에 있는 아이들. 나오는 나를 흐릿한 배경으로 남겨둔 채 빛의 중심점으로 들어갔다.

시야가 뿌옇다.

멍한 상태로 교무실에 들어서자 야나기 선생님이 웃으며 말을 걸었다.

"시오리, 무슨 일 있니? 왜 그렇게 멍해?" "아뇨. 그냥요."

건조하게 웃으며 얼버무렸다. 우리 반 담임이자 수학 담당인 야나기 선생님과는 대화를 나눈 적이 거의 없다. 선생님은 안경을 고쳐 쓰며 프린트 뭉치를 살폈다. 삼십 대쯤 되었을까. 턱에는 어울리지 않게 덥수룩한 수염이 나 있어 어딘지 지저분해 보였다. 좀 더 깔끔하게 꾸민다면 인기가 있을 텐데.

"그럼, 이만 가보겠습니다."

인사를 건네고 몸을 돌리려는데 책상 귀퉁이에 있는 물건이 눈에 들어왔다. 커다란 검은색 카메라. DSLR이라 불리는 묵직한 일안 렌즈 카메라가 마치 장식품처럼 놓여 있었다. 저런 비싼 카메라로 찍으면 빛을 한껏 머금은 예쁜 사진이 나오겠지.

"왜 그러니?"

선생님이 고개를 들고 물었다. 교무실에는 생각보다 학생도 많았고, 선생님들도 분주히 오가고 있었다.

"선생님들이… 바빠 보이시네요." "아아, 3학년들은 희망 학교를 정하고 대책을 짜야 하는 시기거든."

게시판 곳곳에 '입시'라는 글자가 붙어 있었다. 인사를 하고 교무실을 나왔다. 우리도 일 년 뒤면 고등학교 입시를 앞둔 수험생이 된다. 자신의 가치를 정해야 한다. 내가 어떤 사람인지, 어떤 길을 가고 싶은지 스스로 결정해야만 한다.

나는 무엇이 되고 싶은 걸까. 복도를 걸으며 생각했다. 나의 가치는 무엇일까. 나라는 인간은 어떤 의미가 있을까.

아마 내게 가치 따윈 없을 것이다. 만화나 드라마 속 인물이라면 이름조차 없는 엑스트라. 그래서 빛이 닿지 않고, 아무도 나를 보지 않는 것이다.

나도 당당하게, 자신감 있게 살아가고 싶다. 빛을 받을 자격을 얻고 싶다. 하지만 공부도, 운동도, 외모도, 말주변도 무엇 하나 내세울 것 없는 형편없는 인간이라서 내가 머물 곳은 거기밖에 없다.

*

피곤하다. 공부도, 집안일을 돕는 것도, 이제 아무것도 손에 잡히지 않는다. 교복을 입은 채 침대에 털썩 쓰러졌다. 습관적으로 스마트폰을 켜고 커뮤니티에 접속했다. 치켜든 화면 너머로 낡은 형광등 불빛이 흐릿하게 번졌다.

곧장 스레드를 열어 [다녀왔어!] 짧은 인사와 함께 방금 찍은 사진을 업로드했다. 딱히 야한 사진은 아니었다. 치마를 짧게 추스르고 다리를 꼬고 앉은 자세였다. 빛이 부족해 조금 어둡게 찍혔지만, 댓글이 우르르 달리기 시작했다. 커뮤니티 앱에 표시되는 누적 댓글 수가 10, 20, 30…으로 속도를 높일 때마다, 그 숫자가 곧 나의 가치를 증명하는 것 같아 안도감이 들었다. 이곳에는 나를 바라봐주는 사람들이 이렇게나 많다.

[어서 와!] [기다리고 있었어!] [학교는 어땠어?] [좀 더 화끈한 것도 보고 싶어!] [마리짱 허벅지 최고!] [열심히 일할 힘이 난다!]

수많은 메시지. 오직 나만을 향한 말들. '마리'는 내 닉네임이다.

침대에 누워 댓글들을 읽고 있으면 나도 모르게 입꼬리가 올라가고 미소가 번진다. 다들 나를 좋아한다. 내 사진을 보고 기뻐하고, 그걸로 힘을 얻는다고 말한다.

만약 학교 교실이었다면 어땠을까. 내가 무슨 말을 한들 이런 따스한 분위기는 결코 만들어지지 않을 것이다. "오늘 어땠어?"라고 다정하게 물어보는 사람은 현실에는 없다. 오직 이곳에서만 나는 온전히 받아들여진다.

[그럼 이만, 숙제해야 해서]

짧은 글과 함께 예전에 찍어둔 사진 한 장을 덧붙였다. 교복 셔츠 단추를 느슨하게 풀어 목선을 드러낸 사진이다. 조금은 어른스럽게 보이고 싶은 욕심이 담긴 컷.

나는 어제 올린 스레드로 화면을 넘겼다. 이미 댓글 한도를 도달해 더는 글을 쓸 수 없는 상태였지만, 나는 그 글들을 다시 읽어 내려갔다. 실시간으로 놓쳤던 반응이나 밤늦게 달린 댓글들까지 하나하나 되새기듯 음미했다.

이건 나만의 작품이나 다름없다. 그래서 사람들의 감상이 궁금하고, 그들의 반응을 확인하면서 내가 쓸모 있는 존재라는 사실을 확인받고 싶었다.

그런데 어젯밤부터 달린 댓글 수가 평소보다 눈에 띄게 줄었다. 왜지? 신경이 쓰여 오늘 올린 스레드를 다시 확인해봤지만, 그곳 역시 활기가 느껴지지 않았다.

[나 컴백했어~]

일부러 밝은 톤의 글과 사진을 추가했다.

[숙제하느라 수고했어!]

몇몇 댓글이 달렸지만 어딘가 아쉬웠다.

[왠지 오늘은 평소보다 조용한 것 같네~]

아무렇지 않은 척 넌지시 물었다. 그러자 댓글 몇 개가 올라왔다.

[다들 리아님 쪽으로 간 거 아냐?]

리아? 나는 고개를 갸웃거리며 [그게 누군데?]라고 물었다.

[최근에 새로 나타난 여신이에요. 마리님보다 훨씬 과감한 사진을 올리는 여고생이라 다들 그쪽에 정신이 팔린 게 아닐까 싶네요.]

순간 언짢은 감정이 치밀었지만 꾹 눌렀다.

[뭐야아~]라며 일부러 귀엽게 늘여 쓴 댓글을 올리자, 다시 반응이 빨라지기 시작했다.

[마리짱도 맞불 작전 가자!] [더 센 거 올려줘!]

그런 요구들 사이, 누군가 다른 의견을 냈다.

[아니지, 아니지. 마리짱은 청순한 느낌이 생명이야. 그런 저급한 분위기가 아니라서 좋은 거라고!] [우리가 원하는 건 보일 듯 말 듯한, 궁극의 '안 보여주기' 매력이란 말이지.]

역설적인 칭찬에 나도 모르게 풋, 웃음이 새어 나왔다.

[학교에서 찍어보는 건 어때?]

누군가 던진 제안에 분위기가 급격히 반전되었다.

[찬성!] [노출은 평소 수준으로 자연스럽게, 교실에서 찍어주면 좋겠어] [그런 게 더 현실감 있어서 좋잖아!] [보건실! 아니, 수영장이지!]

난감했다. 하지만 이토록 많은 사람이 나를 원하고 기대한다는 사실이 역시나 싫지 않았다.

[어떡하지~ 부끄러운걸.]

장난스럽고 순진한 척, 단호하게 거절하지 않고 여지를 남겼다. 사람들의 기대 심리를 자극하는 건 중요한 기술이다. 순식간에 댓글 수가 치솟았다.

리아에게 밀릴 수 없지. 내가 더 오랫동안 사랑받아 왔으니까.

[좋아. 찍어올게.]

나는 나직이 중얼거렸다. 내가 필요하다면. 나를 봐준다면 기꺼이 찍어줄게. 여기는 내 자리니까. 나를 보는 사람들을 위해 존재하는 거니까.

＊

어디서 찍어야 할까.

방과 후 사진 찍기 적당한 장소를 찾아 학교 여기저기를 걸었다. 학교를 이런 식으로 살펴보기는 처음이었다. 내게 학교는 남의 집처럼 낯설고 불편한 장소였다. 넓고 많은 사람이 오가는 곳이지만, 어쩐지 나와는 상관없는 시설 같았다. 익숙하지 않은 복도, 한 번도 들어가 본 적 없는 교실 앞을 지날 때면 누군가의 시선이 피부를 콕콕 찌르는 기분이 들었다. '여긴 너 같은 애가 돌아다닐 곳이 아니야.' 누군가 그렇게 말하는 것만 같아 걸음을 내디딜 때만다 가슴이 답답해졌다. 배꼽 근처를 묵직하게 누르는 압박감에 숨이 조여왔다.

수다를 떨며 정신없이 웃어대는 여자애들이 내 옆을 스쳐 지나갔다. 순간 몸이 움츠러들었다. 화장실로 들어가는 1학년들이었다. 굳이 겁먹을 이유가 없는데도 늘 이런 식이다. 마치 불법 침입을 한 사람처럼, 이곳에 어울리지 않는 사람처럼.

나는 저들처럼 여럿이 모여 화장실 거울 앞에서 수다를 떨지 못한다. 애초에 화장실은 볼일을 보는 곳인데, 어째서 아무렇지도 않게 웃고 떠들 수 있는지 이해가 안 된다. 변기에 앉아 있을 때 밖에서 들려오는 웃음소리를 들으면 나는 항상 숨이 막혀왔다. 들키지 않으려, 소리를 내지 않으려 호흡까지 참으며 내 존재를 지우려 애썼다. 아이들이 어서 나가주길 기도하는 내 모습이 '평범'하지 않아 놀라곤 했다. 모두가 당연하게 하는 일들을 나는 도저히 할 수 없다. 그래서 섞일 수 없는 것이다.

인기척 없는 빈 교실을 발견하고 안을 살폈다. 불을 켜고 조용히 문을 닫았다. 마음 같아선 문을 잠그고 싶었지만, 학교에서 문을 잠글 수 있는 곳은 그리 많지 않다. 그래도 여기라면 아무도 오지 않을 것 같았다. 책상 사이를 가로질러 창가로 다가가자 붉게 물든 햇살에 눈이 부셨다.

창문 가득 석양이 스며들어 교실은 온통 황금빛이었다. 이런 풍경 속에서라면 정말 멋진 결과물이 나올지도 모른다.

밖에서는 사진을 찍어본 적이 없기에 설렘과 긴장이 뒤섞인 마음으로 숨을 삼켰다. 셀프타이머 기능을 이용해 가지런한 책상과 교실 풍경 속에 내 모습을 담고 싶었다. 살짝 섹시한 포즈를 취한다면 분명 다들 열광하겠지.

하지만 카메라 렌즈를 통해 본 풍경은 눈으로 볼 때만큼 환상적이지 않았다. 공중에 떠다니는 작은 먼지들이 햇빛을 머금어 반짝이는 모습은 정말 예뻤지만, 화면 속에는 그 아름다움이 오롯이 담기지 않았다. 원래 이런 건가 싶어 한숨이 새어 나왔다. 그래도 평소보다는 밝으니 잘만 하면 괜찮은 사진이 나올 것 같았다. 스마트폰 케이스에 달린 작은 삼각대를 책상 위에 놓고 각도를 세밀하게 조정했다.

모델이 없으니 내가 취할 포즈를 상상하며 거리와 각도를 맞춰야 했다. 우선 테스트 촬영. 치마를 짧게 올려 입고 책상에 걸터앉아 무릎을 감싸 안는 포즈를 취했다. 셔터가 몇 초 간격으로 연속 촬영되도록 설정하고 자세를 조금씩 바꿨다. 결과물을 확인하니

구도가 나쁘지 않았다. 조금 더 과감해져도 좋을 것 같았다.

블라우스 단추를 느슨하게 풀어 리본 아래로 브래지어가 살짝 보이게 했다. 볼륨이 강조되도록 자세를 고치자 셔터음이 울렸다. 리아라는 아이보다 더 많은 찬사를 받고 싶다는 욕심이 고개를 들었다. 나를 더 관심 있게 봐준다면….

그때였다. 셔터음이 아닌 다른 소리가 들렸다. 너무 놀라 어깨가 거칠게 들렸다. 교실 문이 열리는 소리라는 걸 깨닫는 순간, 온몸에서 피가 쫙 빠져나가는 기분이 들었다. 혈관을 타고 흐르는 피의 고동이 귓속에서 굉음처럼 울렸다. 반사적으로 뒤를 돌아보자 누군가 서 있었다. 머릿속이 하얘졌다. 필사적으로 블라우스 앞자락을 여몄다.

다 봤을까? 아니, 등지고 있었으니 모를 거야. 제발 모른다고 해줘.

"시오리 아니니? 무슨 일이야, 이런 데서."

야나기 선생님의 목소리였다. 나는 이가 덜덜 떨리는 걸 참으며 대답하려 애썼다. 오른손으로는 안

간힘을 다해 단추를 잠갔다. 양손을 쓰면 더 이상하게 보일 것 같았다. 그런데 야속하게도 스마트폰의 타이머가 작동하며 요란한 연속 셔터음이 교실에 울려 퍼졌다.

"아, 그게, 저….."

"뭐, 찍고 있었던 거니?"

선생님이 안으로 들어왔다. 떨리는 손이 남은 단추 두 개를 채우려 헤맸다.

"아, 아뇨, 아무것도 아니에요."

"아, 셀프타이머구나. 요즘 휴대폰은 참 편리해졌네."

야나기 선생님이 바로 옆까지 다가왔다. 어깨가 잔뜩 움츠러들었다. 단추를 채우던 팔이 딱딱하게 굳었다. 선생님이 내 옆으로 얼굴을 들이밀었을 때, 나는 모든 게 끝났다고 생각했다. 단추는 두 개나 풀려 있고, 치마는 허벅지가 훤히 보일 만큼 짧은 채로 책상 위에 앉아 있었으니까.

그런데 선생님은 안경 너머로 눈을 깜빡이며 뜻밖의 말을 건넸다.

"너 사진 찍는 거 좋아했어?"

"…네?"

"그렇네. 확실히 이 빛은 좀 특별하긴 해. 사진 찍고 싶은 마음도 이해가 가. 그런데 휴대폰으로 찍으면 제대로 담기 어려울 텐데."

어안이 벙벙했다. 선생님이 등을 돌린 틈을 타 나머지 단추를 얼른 채우고 책상에서 내려와 치맛자락을 쓱 잡아 내렸다. 선생님은 스마트폰 화면을 들여다보더니 내 카메라 구도에 맞춰 자세를 낮췄다. 양손으로 네모를 만들어 풍경을 살피며 감탄했다.

"오, 구도 좋은데? 그래도 이런 건 역시 진짜 카메라로 찍어야지. 잠깐만 있어 봐, 좋은 거 가져올게."

선생님은 아무 일도 없었다는 듯 웃으며 교실을 나갔다. 나는 멍하니 그 뒷모습을 바라보았다.

진짜 눈치 못 챈 건가. 아니면 모른 척? 귓속에선 여전히 피가 솟구치는 소리가 들렸다. 식은땀이 목덜미를 타고 흘러내렸다. 잠깐, 이럴 때가 아니지.

정신이 번쩍 들어 황급히 스마트폰 사진들을 모조리 삭제했다. 아깝지만 증거를 없애야 했다. 대신

셀프타이머를 다시 맞춰 얼굴이 나오지 않는 평범한 사진들을 몇 장 찍었다. 주제는 '저녁놀 속의 청춘' 쯤으로 하고.

잠시 후 선생님이 돌아왔다. 손에 들린 물건을 보고 나는 눈을 깜빡였다.

"짜잔! 어때? 이런 거 써본 적 있니?"

투박하고 오래된 검은색 본체에 커다란 렌즈가 달린 카메라였다.

"이건 실은 필름 카메라야. 디지털카메라가 생기기 전의 물건이지."

선생님은 렌즈 뚜껑을 열고 자세를 잡았다. 갑자기 나타난 외눈 렌즈가 나를 응시했다. 선생님이 렌즈 테두리를 천천히 돌리자 묵직한 소리가 울렸다. 스마트폰의 전자음과는 비교도 안 되게 크고 육중한 소리. 아, 찍혔구나. 순간 숨이 멎는 것 같았다.

"직접 찍어볼래?"

카메라를 건네받자 묵직한 무게감이 손바닥에 전해졌다. 어쩐지 권총 같기도 했다. 렌즈 테두리에는 숫자와 알파벳들이 나열되어 있었다.

카메라 뒷면에 있는 작은 창에 눈을 대자 풍경이 희뿌옇게 보였다.

"초점이 안 맞는 거야. 렌즈의 링을 돌려서 맞춰봐. 안개가 걷히듯 조금씩 또렷해지는 게 느껴질 거다."

선생님이 시키는 대로 링을 돌리자 흐릿했던 세계가 서서히 맑아졌다. 웃고 있는 선생님의 얼굴이 선명하게 보였다.

"초점은 카메라가 맞춰주는 게 아니야. 스스로 맞추는 거지. 그게 필름 카메라의 매력이지."

번거롭다는 생각과 묘한 호기심이 동시에 들었다. 나는 다시 카메라를 들고 교실 풍경을 훑었다. 빛을 가득 머금은 커튼, 반짝이는 먼지들. 아까 스마트폰으로는 포착할 수 없던 황금빛의 고요함이 렌즈에 잡혔다.

손가락 끝에 온 신경을 집중해 초점을 맞췄다. 인내심이 필요할 정도로 느린 과정이었지만, 마침내 풍경이 선명해졌을 때 셔터를 눌렀다. 손바닥에 전해지는 둔탁한 반동이 팔을 타고 심장 깊은 곳까지 울려 퍼졌다.

“재미있지? 원하면 빌려줄게.”

선생님은 아껴둔 보물을 공유하는 아이처럼 즐겁게 미소 지었다.

*

현관을 나서 교정을 걷기 시작했을 때, 카메라의 필름 카운터는 ‘11’을 가리키고 있었다. 투명한 플라스틱 안쪽에서 작은 다이얼이 서서히 회전하며 지금까지 찍은 장수를 알려주는 모양이었다. 필름 한 통에 서른여섯 장이라니, 그럼 남은 건 고작 스물다섯 장뿐이다. 선생님이 보여준 필름은 손전등에 넣는 건전지만큼이나 컸는데, 겨우 그 정도밖에 찍을 수 없다니. 세상에 이렇게 비효율적인 도구가 또 있을까.

복도 풍경이나 창밖 교정을 향해 의미 없이 렌즈를 들이밀고는, 초점도 맞추지 않은 채 무작정 셔터를 눌러댔다. ‘찰칵’ 하는 그 경쾌한 소리가 너무 듣기 좋아서였다. 몸이 저절로 튕겨 오를 듯한 탄력이 손바닥을 타고 전해졌다.

내일 방과 후까지 필름을 다 쓰면 선생님이 현상해주겠다고 했다. 사진이 맘에 들면 다음부턴 직접 필름을 사서 찍어보라는 말과 함께. 이 카메라 안에 들어 있는 필름은 선생님이 준 선물인 셈이다.

그런데 뭘 찍어야 할까. 기한이 정해지니 왠지 숙제처럼 느껴져 남은 스물다섯 장이 압박으로 다가왔다. 그냥 대충 찍고 끝내버릴까 싶다가도 사진 친구라도 찾은 듯 들떠 있던 선생님의 얼굴이 떠올라 그럴 수 없었다. 선생님을 실망시키고 싶지 않았다.

카메라를 품에 안은 채 눈에 들어오는 것들에 시선을 던졌다. 골목길 아스팔트 위에 새겨진 글자, 이름 모를 풀꽃들, 서서히 옅어져 가는 황금빛 하늘과 그 위를 가로지르는 전깃줄. 이런 걸 사진으로 찍으면 어떨까. 하지만 카메라가 무거워서 어깨가 결려왔다. 무겁고 촌스러운 스트랩이 목을 짓눌렀다. 이럴 줄 알았으면 빌리지 말걸. 어차피 이 카메라로는 내 사진을 마음대로 찍을 수도 없다. 셀프타이머가 있다 해도 큰 삼각대가 필요할 테고, 무엇보다도 필름은 누군가의 손을 거쳐야 한다.

터덜터덜 걷는데 골목 구석에 세워진 커다란 오토바이가 눈에 들어왔다. 사이드미러에 붉게 물든 저녁노을과 흘러가는 구름이 선명하게 반사되고 있었다. 신비롭고 예쁜 광경이었다. 일단 저걸 찍어보자. 카메라를 다시 고쳐 들었다. 어떤 각도에서 얼만큼 떨어져야 할까. 문득 저 거울을 들여다보는 내 모습이 선명히 그려졌지만, 찍어줄 사람이 없으니 거울 속 풍경만 담을 수밖에 없었다.

"시오리?"

카메라를 품에 안은 채로 뒤를 돌아보았다. 놀란 눈으로 나를 바라보는 나오가 서 있었다.

"뭐 해? 아니, 그거 뭐야? 우와!"

나오는 눈을 크게 뜨고 다가와 무릎을 굽히더니 마치 냄새라도 맡으려는 듯 카메라에 얼굴을 바짝 들이댔다. 나는 당황해서 한 발짝 뒤로 물러났다.

"이거, 시오리 거야?" "아니, 선생님한테 빌렸어."

나는 손바닥을 휘저으며 부정했다.

나오는 긴 속눈썹을 깜빡이며 고개를 끄덕였다. 몸짓 하나하나가 과장되면서도 귀여운 아이. 빛을 한가득 받아 초점이 딱 맞는 세계를 살아가는 사람에게 어울리는 생기 넘치는 몸짓이었다.

나오는 이제 나와는 완전히 다른 존재가 되어버린 것만 같았다. 같은 초등학교를 나오고 같은 중학교에 왔는데, 우리는 어디서부터 이렇게 달라져 버린 걸까.

"뭘 찍고 있었던 거야? 오토바이 주변을 계속 맴돌던데."

다 보고 있었구나 싶어 얼굴이 화끈거렸다. 나는 사이드미러를 가리키며 웅얼거렸다.

"그게… 저기 거울에 비친 하늘이 예뻐서."

"아, 진짜네! 대단하다, 그걸 어떻게 발견했어? 시오리는 정말 사진 찍는 걸 좋아하나 봐."

나오가 아무렇지 않게 던진 말에 나는 흠칫 놀랐다. 단 한 번도 스스로 사진을 좋아한다고 생각해본 적도, 입 밖으로 꺼낸 적도 없었다.

"왜 그렇게 생각해?" "그야, 시오리는 예전부터 구도나 빛 조절 같은 거에 엄청 신경 썼잖아. 휴대폰으로 같이 찍을 때도 네가 찍어주면 유독 예쁘게 나왔는걸.”

나오는 정말 대단하다는 듯 해맑게 웃었다. 그 순간, 살랑이는 바람에 그 애의 까만 머리카락이 부드럽게 흩날렸다. 나는 숨을 멈췄다. 황급히 카메라를 들어 나오를 향해 렌즈를 맞췄다. 서둘러 링을 돌려 초점을 맞추는데, 그사이 나오는 이미 다른 표정을 짓고 있었다.

“어? 나 찍는 거야?”

당황한 표정도 귀여웠다. 나는 셔터를 눌렀다. 묵직한 반동이 팔을 타고 흘렀다.

“시오리, 정말 못 말린다니까. 초상권 침해야, 이거!”

나오는 뾰로통한 표정을 지으며 다가왔다. 그 바람에 다시 초점이 어긋나버렸다.

“미안. 너무 예뻐서 그만….”

나는 파인더에서 얼굴을 떼고 진심으로 사과했다. 나오가 너무 귀여워서 나도 모르게 셔터를 눌렀던 건 사실이니까.

“근데 사진은 어디서 봐? 화면이 왜 없어?” “화면

같은 건 없어. 이건 필름 카메라거든.” “세상에! 몇 백 년 전 발명품이잖아!” “그렇게 옛날 건 아니야.”

나오는 신기한 듯 눈을 반짝이며 폴짝폴짝 뛰었다. 현상하려면 사진관에 가야 한다고 하자, “지금 바로 가자, 응? 어떻게 나올지 너무 궁금하단 말이야!”

어리광을 부리는 듯한 그 모습은 내가 알던 예전의 나오 그대로였다.

“필름은 끝까지 다 찍어야 현상할 수 있어. 아직 많이 남았어.”

나오가 아쉬운 얼굴을 했다. 나는 카메라를 고쳐 들며 말했다.

“그럼, 네가 모델이 돼줘. 남은 거 다 찍게.”

나오는 눈을 동그랗게 뜨며 “에엣, 뭐라고?” 하면서 웃었다. 그렇지만 곧 “흠, 어쩔 수 없지. 그럼 예쁘게 찍어줘.”라며 응했다.

“초보라 장담은 못해.”

나는 웃으며 카메라를 들었다. 그리고 아까 머릿속에 그렸던 구도를 떠올렸다. 내가 나를 찍을 수는 없지만, 렌즈를 통해 보이는 나오는 담아낼 수 있다.

"나오, 오토바이 사이드미러를 들여다봐. 신기한 걸 보는 것처럼. 아니, 웃지 말고. 옆모습으로. 그래, 그렇게. 조금 아련한 느낌으로."

뷰파인더 너머로 나오의 얼굴이 선명해졌다. 어느새 생긴 옅은 주근깨, 립글로스를 발라 반짝이는 입술, 그때보다 짧아진 경쾌한 머리카락. 웃으면 오른쪽 볼에만 생기는 보조개까지. 부럽고, 질투 나고, 저 멀리 빛나는 곳으로 가버린 내 소중한 친구.

나는 아주 오랜만에 나오를 유심히 바라보고 있었다. 아니, '유심히 바라본다'는 감각을 비로소 깨닫고 있었다.

*

집에 돌아오자마자 평소처럼 스레드를 열었다. [다녀왔습니다] 라는 짧은 글과 함께 사진 한 장을 올렸다. 속옷이 아슬아슬하게 보일 만큼 치마를 바짝 치켜올린, 평소보다 대담한 컷이었다. 오늘의 '마리'는 시작부터 화끈하다. 사실 찍어둔 사진들이 죄다 이런 식이라 새로울 것도 없었지만, 오늘은 몸도 마음도 너무 피곤했다.

낮에 있었던 일이 떠올랐다. 사진을 찍고 나오와 함께 사진관에 들렀다. 현상하는 데 한 시간이나 걸린다는 말에 아날로그는 정말 느리다는 게 실감됐다. 찍은 사진을 보려고 컵라면을 수십 개는 끓여 먹을 시간을 기다려야 한다니.

"시오리의 첫 사진이잖아. 나도 꼭 같이 보고 싶어."

나오가 그렇게 말해서 우리는 작은 구멍가게 앞 벤치에서 시간을 보냈다. 작년까지만 해도 여기서 자주 군것질을 하곤 했는데…. 삼십 분쯤 지났을까, 나오는 카레가루를 사 오라는 엄마의 전화를 받고 마지못해 먼저 돌아갔다.

나는 집으로 돌아와 침대에 대자로 드러누워 화면 속 숫자가 올라가는 걸 가만히 지켜보았다. 무거운 카메라를 들고 다녀서인지 어깨가 뻐근했다.

[마리님, 어서 와요!]라며 기다렸다는 듯 반겨주는 댓글들이 줄지어 달렸다. 여느 때처럼 나는 어젯

밤부터 달린 댓글들을 천천히 읽어 내려갔다. 사진에 대한 감상보다는 학교에서 찍어 올 '야한 사진'에 대한 기대와 요구가 태반이었다. 보건실이 좋겠다느니, 체육복을 입어달라느니 제멋대로 떠드는 말들에 괜히 미안한 마음이 들었다.

그러고 보니 오늘은 정작 그런 사진은 하나도 못 찍었네. 내일 다시 도전해볼까 생각하며 몸을 뒤척이던 순간, 댓글 하나가 눈에 들어왔다. 새벽 4시 반경에 달린 짤막한 네 글자.

[징그러워]

얼굴이 확 달아올랐다. 나는 몸을 일으켜 세워 화면을 노려보았다. 여신이니 마리님이니 하며 내 몸을 찬양하는 말들 틈에 독침처럼 박혀 있는 그 한마디. 화면을 스크롤하자 마치 신호탄이 터진 것처럼 비난과 조롱의 화살들이 쏟아졌다.

[관심받고 싶어 안달 난 불쌍한 애] [중학생이 벌써 이러면 뭐가 될지 걱정이다] [장래희망이 그쪽인가?] [그냥 관종이네] [애초에 설정 아니야?]

조롱 섞인 이모티콘이 화면 위에서 춤을 췄다.

아니야. 나는 달라. 저런 애들이랑 똑같이 취급하지 마. 너희가 나에 대해 뭘 안다고!

나는 부랴부랴 오늘 올린 스레드로 화면을 넘겼다. 혹시 여기도 안티들이 몰려왔을까 봐 심장이 두근거렸다. 그런데 의외로 조용했다. 댓글 숫자가 멈춰 있었다. 어제 '리아'가 등장했을 때와 똑같은 상황.

나를 주목하던 숫자, 나를 향하던 칭송, 그 눈부신 빛은 어디로 사라진 걸까. 초조해진 나는 [여러분~ 무슨 일 있어요? 다들 바쁜가요?] 최대한 귀엽게, 태연한 척 글을 남겼다.

[그러게. 오늘 잠잠하네] [어제 안티들이 한바탕 난리 쳐서 그런 거 아님?] [리아가 질투해서 공격한 거 아냐?] [그보다 마리님, 교실 사진은요?] [애들아, 지금 리아 스레드 봐봐. 지금 공개 중이래]

무슨 소리야. 다들 리아한테 간 거야? 나는 입술을 깨물며 리아의 계정을 검색했다. 내 피드보다 몇 배나 많은 댓글 숫자가 눈에 들어왔다. 떨리는 손으로 업로드된 사진들을 확인했다.

교실 같은 장소에서 찍은 사진이었다. 구도도 엉망이고 빛 조절도 안 되어 화질이 지저분했다. 교복 상의를 풀어헤치고 속옷과 자신의 몸을 그대로 드러낸 사진들.

징그러워.

진심으로 그렇게 느꼈다. 추하고 지저분한 사진일 뿐인데, 사람들은 왜 이딴 것에 열광하는 걸까. 그 순간, 누군가 내게 던졌던 말들이 가슴속에서 용암처럼 끓어올랐다. '징그러워. 불쌍한 애. 걱정되는 애.'

아니야. 나는 저런 애랑은 다르다고. 수백 번 부정했지만, 마음 한구석에서 의문이 고개를 들었다. 나도 남들 눈엔 저렇게 보이지 않았을까.

그런 의문과 달리 내 손은 리아보다 더 많은 시선을 붙잡을 수 있는, 더 환호를 끌어낼 수 있는 강력한 한 장을 찾으려 핸드폰 사진들을 뒤지고 있었다. 하지만 손끝이 떨려서 화면이 제대로 움직이지 않았다. 나의 가치, 나의 빛, 나라는 존재 자체가 흔들리고 있었다.

주체할 수 없는 화가 치밀었다. 나는 스마트폰을 쥔 손으로 침대 시트를 내리쳤다. 알 수 없는 감정이 목까지 치밀어 올라 헐떡이며 숨을 몰아쉬었다. 손끝에서 미끄러진 스마트폰이 바닥에 굴러떨어졌다. 발작하듯 시트를 걷어찼다. 다리에 딱딱한 물건이 걸렸다. 선생님의 카메라였다. 정신이 번쩍 들어 기어가서 확인해보니 외관은 멀쩡했다. 다만 그 옆에 놓아둔 노란 봉투에서 무언가가 삐져나와 있었다.

사진이었다.

나오와 같이 보려고 아직 열어보지도 않았던 인화 사진 뭉치. 나는 망설이다가 그 사진에 손을 뻗었다. 첫 장에 담긴 건 나였다.

나.

야나기 선생님이 찍어준 첫 번째 컷. 깜짝 놀라 숨이 턱 막혔다. 멍하니, 하지만 렌즈를 똑바로 응시하고 있는 내 모습이 어쩐지 조금 외로워 보였다. 내게 또렷하게 맞춰진 초점과 흐릿한 배경 너머로, 사진은 온통 따스한 황금빛을 머금고 있었다. 내가 스마트폰 화면으로 보던 그 어둡고 거친 질감이 전혀 없었다.

이게… 진짜 사진인 걸까?

첫 번째 사진을 넘기자 내가 그토록 담고 싶어 했던 황금빛 교실 풍경이 나타났다. 눈으로 포착하려 애썼던 그 장면이 고스란히 담겨 있었다. 아니, 실제보다 더 환하고, 맑고, 아름다운 풍경으로 거기 있었다. 커튼 사이로 쏟아지는 햇살과 공중에 부유하는 반짝이는 먼지들. 조악한 빛 아래서 속옷을 노출하던 사진과는 차원이 달랐다.

한 장씩 넘기다 보니 나오 사진이 나왔다. 대부분 초점이 빗나간 서툰 사진들이었지만, 그 안에는 내가 분명히 보고 있던 순간들이 담겨 있었다. 오토바이의 동그란 사이드미러를 들여다보며 해맑게 웃는 나오의 얼굴이, 붉은 노을을 배경으로 반짝반짝 빛나고 있었다.

나는 시간 가는 줄 모르고 사진들을 보고 또 보았다. 그리고 마침내 깨달았다. 이 사진을 찍은 사람이 바로 나라는 사실을. 누군가의 구미를 맞추기 위한 것들이 아니라 내가 정성껏 초점을 맞추고 셔터를 눌러 만들어진 '진짜' 나의 작품이라는 것을.

*

아침빛은 은은하고 부드러웠다. 교실은 여느 때처럼 소란스러웠지만, 창문에서 쏟아지는 차분한 빛은 그런 것은 아랑곳하지 않는 듯 포근했다.

카메라를 목에 걸고 교실에 들어서자, 모두의 시선이 일제히 나를 향하는 기분이 들었다. 자리에 앉아 수업 준비를 하던 중 습관적으로 주머니 속 스마트폰을 꺼내 앱을 켰다가, 곧바로 끄고 깊숙이 밀어 넣었다. 무겁고 답답한 감정이 다시 차올랐다.

"시오리!"

깜짝 놀라 고개를 들자, 나오가 다가와 내 앞자리 빈 의자에 털썩 앉았다.

"사진 나왔지? 가져왔어?"

"아, 응⋯."

나는 고개를 끄덕이며, 얼른 보여 달라고 성화인 나오를 달래며 가방 속으로 손을 넣었다. 같이 보려고 했는데 어젯밤 먼저 본 것이 조금 찔렸다.

202

"대부분 초점이 안 맞아서 부끄러운데."

"초점? 초점이 뭐야?"

의아한 표정으로 나오는 사진 봉투를 집어 들었다. 언제나 초점이 맞춰진 세계에 사는 아이가 정작 '초점'이라는 단어를 모르다니, 그 말이 아이러니해서 나도 모르게 웃음이 새어 나왔다.

나오는 한 장 한 장, 아주 천천히 사진을 넘겼다. 그러더니 눈이 커지고 입을 벌린 채 한참 동안 그대로 있었다.

"나오, 뭐 해? 어, 시오리. 그거 카메라야?"

요코가 다가와 물었다. 내가 대답하기도 전에 나오가 먼저 외치듯 대꾸했다.

"요코! 시오리, 진짜 대단해! 이것 좀 봐. 완전 예술이야!"

"뭔데, 뭔데?"

요코가 사진 뭉치로 고개를 들이밀었다. 나는 점점 얼굴이 붉어지는 걸 느꼈다. 내가 찍힌 것도 아닌데 왜 이렇게 부끄럽지.

"대박!" 요코가 사진 한 장을 들고 소리쳤다. 교실

전체에 울려 퍼질 만큼 큰 목소리였다.

"이거 뭐야? 시오리가 찍은 거야? 나오, 너무 귀엽잖아! 진짜 모델 같아!"

"그치? 대박이지?" 나오가 몸을 통통 튀기며 들떠서 말했다. 요코가 나를 향해 눈을 반짝이며 물었다.

"시오리, 너 진짜 대단하다! 이 카메라로 찍은 거야?"

"요코, 왜 이렇게 호들갑이야? 무슨 일 있어?"

어느새 요시자와와 오니시까지 사진 주위로 모여들었다. 평소 나와는 다른 부류라고 생각했던 반짝이는 아이들이 순식간에 내 책상을 에워쌌다. 갑작스러운 소란과 눈부심에 정신이 어질어질해졌다.

"좋겠다, 나오만 이렇게 예쁘게 찍어주고."

진심으로 부러워하는 요코의 말에, 나는 책상 위에 둔 카메라를 집어 들었다. 카메라 안에는 현상하러 갔을 때 사둔 새 필름이 들어 있었다. 생각을 말로 하는 데는 엄청난 용기가 필요했다.

"혹시 괜찮으면… 너희도 찍어줄까?"

요코는 몇 번이나 눈을 깜빡이며 나를 바라보더니 하얀 덧니를 드러내며 활짝 웃었다.

"나도 찍어줘!" "나도, 나도!" "나오는 찍었으니까 이번엔 내 차례야." 요시자와와 오니시도 들뜬 목소리로 끼어들었다.

"알았어. 아직 시간 있으니까 다들 찍어줄게."

조회 시간까지는 아직 넉넉했다. 나는 카메라를 들고 뷰파인더를 들여다보았다. 신중하게 구도를 잡고 포즈를 주문하자 나오가 의기양양한 표정으로 말했다.

"시오리는 주문이 되게 구체적이야. 꼭 프로 같아."

친구들의 웃음소리를 들으며 나는 링을 돌려 초점을 맞췄다. 요코, 나오, 요시자와, 오니시. 한 명 한 명을 렌즈를 통해 유심히 바라보았다.

"있잖아, 시오리. 아직 더 찍을 수 있어?"

어깨를 맞대고 쑥스러운 듯 웃는 나오와 요코를 프레임에 담는 순간, 나오가 물었다.

"응, 가능해."

"나도 그거 써봐도 돼? 나도 배우고 싶어."

"나오도 관심 있어?"

"응, 그래야 나도 시오리를 찍어줄 수 있잖아."

카메라의 작은 창 안에서 나오가 웃고 있었다.

나는 그 말을 들으며, 그들에게 다시 초점을 맞췄다. 야나기 선생님의 조언대로 팔꿈치를 옆구리에 바짝 붙였다. 겨드랑이를 조이지 않으면 사진이 흔들린다고 했으니까. 몸의 떨림이 사진을 흔들지 않도록, 내 마음의 흔들림이 소중한 피사체를 흐리지 않도록. 이마를 카메라에 대고 입술을 깨물며 무언가 울컥 쏟아질 것 같은 감정을 억눌렀다.

'시오리는 예전부터 사진 찍는 거 좋아했잖아.'

나오가 했던 말이 떠올랐다. 나조차 몰랐던 사실이었는데. 나오는 나를 보고 있었던 거다. 지금도 그렇다. 그동안 나는 나오가 내뿜는 빛을 정면으로 보려 하지 않았다. 나를 봐달라고만 했지, 정작 나는 아무것도 보지 않고 있었다.

빛을 직접 받을 수 없다면, 적어도 모두가 내뿜는 빛을 온 마음을 다해 포착하고 싶다. 그러다 보면 나뭇잎 사이로 부서져 내리는 햇살처럼 그 온기가 내게도 스며들지 않을까.

"시오리?"

나오가 의아한 표정으로 나를 불렀다. 요코와 친구들도 장난을 멈추고 이쪽을 보았다. 초점은 분명 맞춰져 있는데 눈물 때문에 시야가 뿌옜다. 눈을 깜빡여 다시 똑바로 바라보자 금세 선명해졌다.

나는 이제 더 이상 그 어두운 익명의 공간에는 사진을 올리지 않겠구나 하는 생각이 들었다. 이 아날로그 카메라로는 업로드 할 수 없으니까. 하지만 상관없었다.

"자, 찍는다!"

숨을 멈추고, 손가락에 힘을 주었다.

찰칵.

경쾌한 소리가 교실 안에 기분 좋게 울려 퍼졌다.

6. 비 오는 날은 학교에 가지 않는다

　나는 어쩌면 이 세상에 필요 없는 아이일지도 모른다.

　흙먼지로 더러워진 바닥에 무릎을 꿇고 걸레를 꽉 짰다. 교실 구석, 먼지와 쓰레기가 굴러다니는 쓰레기장 앞이었다. 우유 비린내가 밴 걸레에서 더럽고 탁한 물방울이 양동이 안으로 쪼르륵 떨어졌다. 코끝을 찌르는 그 역한 냄새를 참으려 숨을 멈추고 고개를 조금 들자, 치마를 짧게 줄여 입은 이지마 무리의 가느다란 다리들이 시야에 들어왔다. 빗자루를 건성으로 움직이며 즐겁게 웃는 아이들. 마치 신데렐라를 구박하는 심술궂은 의붓언니들 같다. 그렇다면 나는 재투성이 신데렐라인가.

　급식 시간에 엎지른 우유를 닦아낸 걸레를 내게

내밀며 "사에, 이거 써~" 하고 친근하게 웃던 그들의 해맑은 표정을 보면, 정말로 이지마는 걸레에서 진동하는 역한 냄새를 모른 채 순수한 마음으로 청소 도구를 건넨 게 아닐까 하는 생각이 들 정도였다.

"얘들아, 어디서 이상한 냄새 나지 않니?" "으웩! 완전 역해. 옷에 밸 것 같아!"

하지만 내 옆을 지나가며 노골적으로 내뱉는 말들은 여름방학 전과 마찬가지로 우리는 친한 친구 사이일 거라 믿었던 내 기대가 헛된 망상임을 일깨워줬다. 동화 속 신데렐라에게도 분명 이런 냄새가 났을 것이다. 우유와 왁스가 뒤섞인 냄새는 정말 지독하다. 매일 이런 취급을 견디다 보면 내 몸에서도 이런 냄새가 날 것 같다. 그래서 아이들이 아침 인사 대신 나를 향해 얼굴을 찌푸리는 건지도.

양동이 안 물은 갈색으로 탁하게 변해 있었다. 피부에 닿기만 해도 소름이 끼칠 것 같은 검은 머리카락 뭉치들이 그 위에 둥둥 떠 있었다. 우유와 왁스, 그리고 머리카락이 섞인 오물 주스.

그때 갑자기 등 뒤에서 묵직한 통증이 느껴졌다. 숨이 턱 막히는가 싶었는데 정신을 차려 보니 바닥에 엎드려 있었다. 허벅지로 차가운 냉기가 스며들어 온몸을 훑었다. 신음을 내뱉으며 고개를 들자, 양동이에서 쏟아진 구정물에 치마가 흠뻑 젖어 있었다. 뒤를 돌아보니 한 남자애가 엉덩방아를 찧은 채 당황한 표정으로 앉아 있었다.

교실 전체에 "아아…" 하는 아쉬운 탄식이 합창처럼 퍼지며 기묘한 일체감이 생겼다. 남자애들끼리 장난을 치다 넘어진 거였는데, 그 자리에 내가 있었다는 걸 뒤늦게 알아차린 모양이었다.

"야, 너희들!"

여자애들이 소리를 높였다. 빗자루와 쓰레받기를 무기처럼 치켜들며 사납게 몰아세웠다.

"뭐 하는 거야, 진짜! 사에가 불쌍하잖아!" "완전 흠뻑 젖었잖아!" "사과해, 당장!"

아이들이 약속이라도 한 듯 나를 감싸며 남자애들을 압박했다.

"사에, 괜찮아?"

이지마가 천사 같은 미소를 지으며 나를 빤히 내려다보았다.

괜찮아. 하지만 입술이 떨어지지 않았다.

부딪친 남자애는 자리에서 벌떡 일어나 "미안, 미안." 하고 장난처럼 말했다. 그러자 교실은 순식간에 웃음바다가 되었다. 좀 전까지 엄한 얼굴로 화를 내던 여자애들마저 깔깔거리며 박장대소했다. 그때 담임인 가와시마 선생님이 들어와 교실을 둘러보며 말했다.

"어허, 왜 이렇게 소란스러워?"

"사에가 넘어지면서 양동이를 엎었어요."

누군가 그렇게 말하자, 선생님은 귀찮다는 듯 무심한 표정으로 입을 열었다.

"어쩔 수 없지. 가서 옷 갈아입고 와라."

나는 조용히 일어나 축축하게 젖어 다리에 달라붙는 치맛자락을 떼어내며 사물함으로 향했다. 체육복을 꺼내 화장실로 들어갔다. 치마 끝단에서 더러운 물이 뚝뚝 떨어졌다.

한참 동안 변기 위에 앉아 있었다. 화장실 문에

의미 없이 휘갈겨진 낙서들을 멍하니 바라보았다. 십 분이 지나고, 이십 분이 지나도록 꼼짝도 않고 들여다보았다. 삼십 분쯤 지났을 때, 문득 이런 생각이 들었다. 나는 정말 여기에 존재하는 걸까. 모두가 나를 이렇게나 싫어하는데, 내가 살아 있을 의미가 있는 걸까.

품에 안은 젖은 교복에서 휴대폰이 진동했다. 화면을 확인하자 교실 단체 채팅방에서 메시지들이 쏟아졌다.

[사에, 괜찮니?] [이 정도로 설마 죽거나 하진 않겠지?] [근데, 언제 죽을 거야?] [냄새나는 여자 기네스북 등재 ㅋㅋ] [물이 줄줄 흐르는 사에 ㅋㅋ] [사에, 빨리 돌아와. 심심하단 말이야!]

'어쩔 수 없지.' 선생님의 무심한 목소리가 귓가를 맴돌았다. 정말로 어쩔 수 없는 일일지도 모른다. 나는 원래 세상에 잘 섞이지 못하는 불량품 같은 인간이니까.

나는 끊임없이 울려대는 휴대폰의 전원을 꺼버렸다. 오물에 젖어 무거워진 교복을 꼭 안은 채, 나는 자꾸만 비틀려 일그러지는 입술을 필사적으로 깨물며 버티고 있었다.

초등학생 때, 선생님과 엄마의 대화를 우연히 엿들은 적이 있다. 수업 참관이 끝난 뒤였다. 친구들과 놀다 헤어진 나는 엄마를 찾으러 교실로 들어가려는 참이었다.

"그러게요. 고마치 양은 워낙 내성적인 성격이라 세상에 섞이기 힘들지도 모르겠어요."

선생님의 목소리가 문틈 사이로 흘러나왔다. 그땐 어려서 '세상에 섞이기 힘들다'는 말이 무슨 뜻인지 잘 이해할 수 없었지만, 왠지 들어서는 안 될 이야기를 들은 것만 같아 나는 복도에 선 채 숨을 죽이고 있었다. 그러자 엄마가 맞장구치듯 대답하는 소리가 들렸다.

"그러게요. 애가 어릴 때부터 낯가림이 워낙 심해서 학년이 올라갈 때마다 불안해요. 중학교는 제대로 다닐 수 있을지… 도무지 나아지질 않네요. 왜 그렇게 친구들과 어울리지 못하는 건지."

그러고는 엄마가 선생님에게 물었다. 그 말은 지금도 잊히지 않는다.

"선생님, 어떻게 하면 고쳐질까요?"

마치 내가 불치병에 걸린 환자가 된 기분이었다. 태어날 때부터 앓아온, 이름도 알 수 없는 병. 그 병에 대해서는 누구보다 내가 제일 잘 알고 있었다. 그래서 중학교에 입학해 교실에 아는 얼굴이 거의 없다는 걸 깨달았을 때, 마음 깊은 곳이 차갑게 얼어붙었다.

좌석 배치표에 적힌 자리에 앉아 주위를 둘러보았다. 벌써 대화를 나누며 가까워진 여자아이들은 다른 세상에 사는 사람들처럼 반짝반짝 빛나 보였다. 견고한 무리들은 이미 형성되어 있었고, 나는 뒤늦게 등장한 엑스트라에 불과했다.

그때, 초등학교 시절 여러 번 같은 반이었던 지에를 발견했다. 지에는 나와는 달리 낯가림이 없고 다정하고 친절했다. 나는 지에에게 매달리듯 다가갔고, 고맙게도 그 애는 "나랑 같은 초등학교였어."라며 나를 이지마 무리에 자연스럽게 끼워주었다.

이지마는 잡지 모델처럼 키가 크고 예뻤다. 활발한 성격이라 선생님에게도 스스럼없이 농담을 건넸고, 수업 중에도 재치 있는 말을 해서 교실을 웃음바다로 만들곤 했다. 밝은 성격과 유려한 말솜씨로 여자아이들 사이에서 인기가 높았고, 남자아이들과도 자연스럽게 어울렸다. 한마디로 내가 갖지 못한 걸 다 가진 동경의 대상이었다.

그 애가 나를 성이 아닌 '사에'라는 이름으로 불러주었을 때, 나는 말로 다할 수 없을 만큼 기뻤고 안도했다. 교실에서 누구와도 관계를 맺지 못한다는 건 끔찍하게 외로운 일이니까. 중학생이 된 내가 누군가와 이렇게 단단히 이어질 수 있어 정말 다행이라고, 그때의 나는 순진하게 믿었다.

*

점심시간에는 딱히 할 일이 없었다. 오늘의 처녀자리 운세는 2위. [상쾌한 기분으로 시작한 하루, 뜻밖의 사건과 함께 친구와 즐거운 이벤트를 맞이할지도!]

눈부신 햇살이 괜히 성가셔 학교 건물 외곽을 따라 걸었다. 변성기가 지나지 않은 남자애들의 소란스러운 함성이 운동장을 구르는 공을 따라 울려 퍼졌다. 스쳐 지나가는 여자아이들의 키득거리는 웃음소리는 두근거리는 사랑 이야기라도 나누는 것처럼 은밀하면서도 생기가 넘쳤다.

나는 아마 누구와도 제대로 된 관계를 맺지 못할 거야. 그런 '병'에 걸렸으니까. 지금도 이렇게 시끌벅적한 점심시간에 홀로 교정을 떠돌고 있잖아.

고개를 떨군 채 걷다 익숙한 목소리에 고개를 들었다. 이쪽으로 걸어오는 여자애들 무리 속에 초등학교 때 단짝이었던 유키에가 있었다. 뭐가 그리 재미있는지 다들 환하게 웃고 있었다. 나는 본능적으로 걸음을 늦췄다. 무슨 말을 건네야 할까. '안녕?' '잘 지냈어? 오랜만이야.' 수만 가지 인사가 머릿속을 스쳤지만 정작 입술은 떨어지지 않았다.

결국 고개를 푹 숙이고 못 본 척 지나가는 쪽을 택했다. 마음속으로는 유키에가 먼저 나를 알아봐 주기를 간절히 바랐지만, 우리는 서로 모르는 사람처럼 그냥 스쳐 지나갔다.

오늘의 처녀자리는 2위였지. 매일 아침 습관처럼 확인하던 별자리 운세가 떠올라 고개를 들었다. 뭐라도 좋으니 말을 꺼내야 해. 그냥, 아무 말이라도. 크게 숨을 들이쉬었다. 그때 스쳐 지나간 여자애들이 키득거리며 속삭이는 소리가 바람을 타고 들려왔다.

"방금 그 애 맞지?" "봤어? 완전 음침해!" "유키에를 뚫어지게 쳐다보더라. 소름 돋았어."

"다 들리겠어. 걔도 참 불쌍한 애야."

마지막은 유키에의 목소리였다. 나는 반대 방향으로 걸음을 재촉해 뛰기 시작했다. 뱃속 깊은 곳에서 치밀어 오르는 뜨거운 것을 꾹 눌러 삼키며 이를 악물었다. '음침하고. 소름 끼치고. 불쌍한 애.' 아무리 달려도 그 웃음소리와 말들이 귓가에서 떠나질 않았다.

이지마가 우유 비린내 나는 걸레를 내 책상 위에 툭 던지기 시작한 건 여름방학이 끝난 직후였다.

시작은 단체 채팅방에 올라온 사소한 메시지 하나였다.

[하루 종일 읽씹하는 건 좀 너무하지 않아?]

이지마가 보낸 메시지를 읽고 나는 아무 대꾸를 하지 않은 채 넘겨버렸다. 그 침묵이 화근이 되어 '모두와 이어지기 위한 도구'였던 앱은 순식간에 나를 난도질하는 흉기로 변해버렸다.

[사에, 최악] [친구 실격] [읽씹이라니, 너무 이기적이야] [혹시 사에, 이지마를 싫어하는 거 아냐?] [사에 무서워] [우리 얘길 듣고만 있잖아. 걔는 무슨 재미로 살까? 불쌍해]

감당할 수 없는 말들이 홍수처럼 화면 위로 쏟아졌다. 그때부터 난 '필요 없는 아이'가 되어버렸다.

학교 구석구석을 이토록 돌아다닌 건 처음이었다. 정신없이 걷다 연한 오렌지색과 레몬색이 어우러진 꽃들이 피어 있는 화단을 발견했다. 화단 앞에 있는 누군가 마련해둔 듯한 낡은 벤치에 앉았다. 꽃이 피어 있는데도 쓸쓸함이 감도는 장소였다. 하지만 싫지 않았다. 아무도 없는 이 고요함이 오히려 마음을 편안하게 했다. 꾹 다문 입술 새로 눈물이 스며들어 짠맛이 났다.

참새 몇 마리가 바닥을 총총거리며 바쁘게 움직였다. 예비 종이 울렸지만 그대로 앉아 있었다. 교실에 가봤자 나를 반기는 사람도 없다. 내가 있든 없든 세상은 굴러갈 것이다. '음침하고, 소름 끼치고, 불쌍한 애.' 내가 정말 그런 존재일까.

눈 안쪽이 몹시 뜨거웠다. 여러 번 코를 훌쩍이며 소리치고 싶은 충동을 억눌렀다. 손바닥으로 눈가를 닦아냈을 때, 참새들은 전부 날아가고 없었다. 새들조차 나를 피하는구나. 세상에 덩그러니 남겨진 기분이 들었다.

"어머나, 수업 땡땡이?"

여자 어른의 목소리에 화들짝 놀라 고개를 들었다. 눈물자국을 급히 닦아내며 일어났다. 건물 그늘에서 하늘색 호스를 든 젊은 여자가 화단 옆에 서 있었다.

"죄송합니다." "아냐, 괜찮아. 가끔은 그런 날도

있어야지.”

그녀는 호쾌하게 웃으며 다시 물을 뿌리기 시작했다. 무슨 과목 선생님인지 기억나지 않아 멍하니 선 채 그 모습을 바라보았다.

“안 혼내세요?” “혼을 내? 왜? 쉬고 싶을 때도 있잖아.”

머리를 하나로 묶은 그녀는 콧노래를 흥얼거리며 호스 끝을 지면으로 향했다.

“그 꽃, 이름이 뭐예요?”

딱히 관심이 있는 건 아니었지만 무슨 말이라도 해야 할 것 같아서 그렇게 물었다.

“겹양귀비꽃이야. 졸업생이 심어주고 간 건데, 조금 늦게 피는 꽃이지.”

나는 뭐라고 대답해야 할지 몰라 벤치에 다시 앉았다. 그녀는 “오늘 덥네” 하고 중얼거리며 호스 끝을 지면으로 향했다.

“요즘 비가 안 와서. 이렇게라도 물을 줘야 먼지가 덜 날리거든.”

시원하게 흩뿌려진 물을 머금고 바닥이 까맣게

젖어갔다. 기분 좋은 서늘한 공기가 피어올라 치마 안쪽으로 스며들었다.

"아, 맞다. 좋은 거 보여줄게. 거기 서 봐."

그녀가 뒤돌아 장난스럽게 웃었다. 나는 그 천진한 미소에 이끌려 그녀가 가리킨 자리에 섰다. 그러자 그녀는 신난 아이처럼 호스를 하늘 높이 들어 올려 시원하게 물을 뿌리기 시작했다. 물 입자들이 바람을 타고 날아와 내 얼굴을 시원하게 스쳤다.

"자, 여기 봐봐!"

호스 끝에서 뿜어져 나오는 물줄기를 향해 시선을 옮겼다. 그곳에 어렴풋하고 은은하게 무지개가 피어 있었다.

"오늘 같은 날은 태양 각도를 잘 맞추면 쉽게 만들 수 있어."

마치 마법 같았다. 나는 그 소박한 무지개를 한동안 물끄러미 바라보았다.

"언제든 놀러 와. 평소엔 저기 있으니까."

그녀가 바로 옆 창문을 가리키며 부드럽게 웃었다. 아, 저기는! 그녀는 보건실 선생님이었다.

아침은 언제나 우울한 기분으로 눈을 뜬다.

우유 냄새가 밴 걸레로 바닥을 닦기 시작한 지 어느새 두 달이 흘렀다. 토할 것 같은 그 역한 냄새가 이제는 손가락 깊숙이 밴 것 같아 수시로 비누로 손을 씻는 버릇이 생겼다. 씻은 손을 코끝에 가져가 냄새가 안 난다는 걸 몇 번이고 확인한다. 매일 아침 눈뜨자마자 제일 먼저 손가락 냄새부터 맡는다. 오늘 아침에도 그랬다. 그러고는 이불 속에서 한참을 떨며 누워 있다가 겨우 몸을 일으켜 이불 밖으로 나왔다.

지붕을 두드리는 빗소리가 들렸다. 비 오는 날은 방을 나서는 것도, 학교에 가는 것도 몇 배는 더 버겁다. 하지만 학교에 가야 한다. 누가 나를 기다리는 것도 아닌데, 왜?

이지마 무리는 나를 괴롭히며 웃거나, 아니면 투명인간 취급을 했다. 그건 교실 밖에서도 이어졌다. 이지마의 영향력은 정말 대단하구나 싶을 정도였다. 어떻게 교실 밖 사람들까지 이렇게 철저히 나를 괴롭히도록 할 수 있지?

나도 안다. 나는 세상에 섞이기 힘든 인간이고, 대화는 서툴고, 밝게 행동하는 법을 모른다. 공부도, 취미도, 재밌는 구석도 없는 불량품 같은 존재.

하지만 그 애들은 단지 내가 싫어서 그렇게 말하는 건지, 아니면 내가 그런 사람이라서 싫어하는 건지 이제는 그것조차 잘 모르겠다. 내가 말주변이 좋고 밝은 아이였다면 지금처럼은 되지 않았을까.

방 안 커튼을 열자 세차게 내리는 빗속에서도 전선 위에 나란히 앉아 있는 새들이 보였다. 참새 한 마리가 짹짹거리며 하늘로 날아올랐다. 빗속에서, 저렇게 젖었는데도 날 수 있구나. 나는 이 방을 나서는 것조차 죽기보다 싫은데…. 하지만 엄마가 기다리고 있다. 내게 병이 있는 게 아니라는 걸 증명하기 위해 나는 길게 한숨을 내쉬고 계단을 내려갔다.

"사에."

식탁 앞에서 밥을 깨작거리고 있는데 엄마가 말을 걸었다. 불안하게 일그러진 엄마의 미간을 보며 나는 입안의 소시지를 씹었다. TV 속 오늘의 처녀자리는 11위였다. [가벼운 말 한마디가 트러블의 원인이 될 수 있으니, 매사에 조심하고 인내심이 필요한 하루]

"학교는 어때? 재미있니?"

나는 시선을 떨군 채 웃어 보였다. "뭐, 그럭저럭."

엄마는 더 묻고 싶은 눈치였지만, 나는 아무 말도 듣고 싶지 않았다. 밥 세 숟갈에 소시지 한 조각을 먹었을 뿐인데 속이 자꾸 들썩이고, 식도는 흙더미에 막힌 도로처럼 답답했다. 나는 다이어트 중이라며 밝은 톤으로 거짓말을 하고 자리에서 일어났다.

나는 괜찮아. 나는 아픈 게 아니야.

세면대 거울 앞에서 주문처럼 몇 번이나 되뇌었다. 밥을 거의 못 먹고, 생리가 불규칙해지고, 몸무게가 몇 킬로나 줄어서 볼살이 쑥 꺼져도 나는 괜찮아야 한다. 그래야 엄마가 저런 슬픈 표정을 짓지 않을 테니까.

"사에, 고민이 있으면 언제든 엄마한테 말해."

현관을 나서며 나는 쓴웃음을 삼켰다. 엄마한테

말하면 이 냄새가 사라질까. 내가 덜 불쌍한 애가 될까. 이런 나를 낳은 사람이 엄마잖아.

일기예보에서는 오전 중에 비가 그칠 거라고 했다. 하지만 비는 그칠 기미가 없었다. 교실 안은 여전히 지옥이었다. 누군가를 스쳐 지나갈 때마다 냄새난다며 얼굴을 찌푸리고, 그냥 죽는 게 낫지 않냐며 키득키득 웃었다. 교과서가 쓰레기통에 처박혀 있고, 나에게만 유인물인 전달되지 않는 일이 일상이 되었다. 입술을 깨물고 교실을 둘러보면 이지마 무리가 상냥한 미소를 지으며 내게 묻는다. "사에, 무슨 일 있어? 고민 있으면 말해봐."

그러고는 우유 냄새가 밴 더러운 걸레를 내 얼굴에 툭 던졌다. 걸레가 얼굴에 닿는 순간 교실은 웃음바다가 되었고, 머리카락과 먼지가 뒤섞인, 오물이 얼굴을 타고 흘렀다. 왜, 도대체 왜 내가 이런 일을 당해야 하는 걸까.

청소시간이 끝나갈 무렵, 담임선생님이 나를 교무실로 불렀다. 그리고 가림막 뒤 한쪽 구석에 놓인 검은색 소파를 가리키며 거기 앉으라고 했다. 나는 가슴을 죄는 정체 모를 불안을 꾹 누르며 소파에 앉았다. 몸이 심하게 떨렸다.

"고마치, 너 말이다. 요즘 친구들과 잘 어울리지 못하는 것 같더라."

선생님은 내 눈을 똑바로 보며 훈계하듯 말을 이어갔다.

"그러면 안 돼. 네가 더 적극적으로 다가가야지. 의욕을 보여야 친구도 생기는 거야. 지금 협동심을 길러두지 않으면 어른이 되어 고생한다고. 말 안 하고 구석에만 있으면 아무한테도 네 마음이 전달되지 않아. 자기주장을 안 하니까 애들이 놀리는 거야. 이지마처럼 밝은 아이들을 좀 본받아봐."

벌어진 입이 다물어지지 않았다.

선생님, 지금 무슨 말씀하시는 거예요? 왜, 내가 그런 말을 들어야 해요? 낯을 가린다는 이유로, 성격이 밝지 않다는 이유로 냄새나는 걸레를 뒤집어써야 하나요? 그게 내 잘못인가요? 내가 노력을 안 해서, 내가 섞이기 힘든 인간이라서 이 모든 폭력을 감당해야 한다는 건가요?

"가보겠습니다."

간신히 이 말을 하고는 일어섰다. 선생님은 체념한 듯한 표정으로 나를 보았다. 그 시선을 피해 교무실을 빠져나왔다.

작은 목소리라서 죄송합니다. 밝지 못해서 죄송합니다. 자기주장이 없어서 죄송합니다.

마음속으로 비겁한 사과를 되뇌며 복도를 걸었다.

어느새 비가 그치고 회색 구름 사이로 눈부신 햇살이 비치고 있었다. 나는 젖은 벤치에 앉았다. 이미 오물로 더러워진 치마 따위 아무래도 좋았다. 나는 왜 이곳에 있는 걸까. '병'이라는 걸 인정하기 싫어서, 평범한 아이들처럼 학교에 다니고 있다는 걸 증명하고 싶어서. 하지만 학교는 도망칠 수도 없는 감옥일 뿐이었다.

"고마치."

고개를 들자 보건 선생님이 서 있었다.

"오늘도 땡땡이?"

"…선생님은 왜 저를 혼내지 않으세요?"

"혼을 왜 내. 선생님도 일하기 싫을 때가 얼마나 많은데."

선생님은 화단 옆에 쪼그려 앉아 비에 젖은 꽃잎을 어루만졌다.

"왜 우리는 꼭 학교에 가야만 하는 걸까요?"

"글쎄, 왜일까. 선생님도 잘 모르겠어."

의외의 대답이었다. 선생님은 태양을 향해 고개를 들며 말을 이었다.

"세상은 이렇게 넓고, 어디든 이어져 있는데. 왜 어른들은 너희를 이 좁은 교실 안에 가두려 하는 건지…. 선생님이 정말 미안해."

왜 선생님이 사과를 하지. 누군가 정한 제도, 어른들의 입장, 그 거대한 강요를 대신해서 사과하는 그 뒷모습을 보며 나는 무릎을 끌어안았다. 눈물이 왈칵 쏟아졌다.

"선생님, 무지개 만들어주세요."

그때처럼, 이 먹구름 낀 마음에 무지개를 띄워줬으면 좋겠다. 다시 한 번 마법을 보고 싶다.

선생님은 부드럽게 웃으며 대답했다.

"무지개는, 고마치도 만들 수 있어."

*

12월이 되었다.

겨울 하늘에 무지개를 기대하는 건 어리석은 일일지도 모른다. 그런데도 나는 아침마다 창문을 열고 하늘을 올려다보는 버릇이 생겼다. 오늘 아침은 베란다 밖으로 얼굴을 내밀자 퍼붓는 빗방울이 사정없이 뺨을 때렸다. 장대비의 냉기를 느끼며 차라리 이대로 지독한 감기에 걸려 체온이 37℃를 훌쩍 넘겼으면 좋겠다. 그러면 엄마가 학교를 쉬어도 좋다고 허락할 테니까. 하지만 빗속에서도 날개를 치며 날아오르는 새들을 보면, 나만 이렇게 주저앉아 있을 수는 없다는 생각이 무거운 한숨과 함께 터져 나왔다.

지고 싶지 않다. 도망치고 싶지 않다. 무엇보다 엄마에게 걱정을 끼치고 싶지 않다.

아침 식탁에서 나를 보는 엄마의 눈빛은 내 마음을 아프게 했다. 나는 말 없이 젓가락만 움직였다.

TV 뉴스에서 집단 괴롭힘을 견디다 못해 목숨을 끊은 중학교 남학생에 대한 보도가 흘러나왔다. 엄마는 황급히 채널을 돌렸다. 리모컨을 쥔 엄마의 손이 미세하게 떨리는 것을 보자 가슴 깊은 곳에서 통증이 올라왔다. 다른 채널에서도 같은 뉴스가 나왔다. 모자이크가 씌워진 아이들이 흐느끼며 말했다. "착한 친구였어요. 믿기지 않아요."

엄마는 다시 채널을 돌렸다. 나는 조용히 젓가락을 내려놓았다. 저 화면 속 아이들은 이지마와 그 무리다, 불쑥 그런 생각이 들었다. 만약 내가 사라진대도 같은 풍경일 것이다. 담임선생님은 아무것도 모른 채 '사실관계 확인'이라는 공허한 말만 되풀이할 것이고, 이지마를 비롯한 그 무리들은 카메라 앞에서 눈가를 닦으며 연기하겠지. "좋은 친구였어요. 믿기지 않아요. 다시 돌아왔으면 좋겠어요."

참을 수 없어 자리에서 일어났다.

어떻게 하면 싸울 수 있을까. 도망치고 싶지 않은데. 학교를 쉬고 싶지도, 죽고 싶지도 않은데. 더 이상 견디는 건 죽을 만큼 괴로운데 어떻게 하지.

현관에서 신발을 신을 때 엄마의 시선이 등에 박혔다. 나는 마음속으로 '괜찮아'를 되뇌었다. 나는 평범해. 나는 아픈 게 아니야. 나는 학교에 갈 수 있어.

"사에."

우산을 집어 들며 엄마가 하려는 말을 가로막았다.

"다녀오겠습니다!"

일부러 더 크게 외치고, 빗속으로 달려 나갔다.

통학로에서 우산으로 몸을 은폐하듯 걸었다. 앞서가는 아이들의 등에 닿지 않도록 거리를 유지했다. 혼자 걷는 건 익숙하다. 어차피 나는 누구와도 이어질 수 없는 사람이니까.

웃지 마. 무시하지 마. 냄새난다며 고개 돌리지 마. 가까이 가지 않을게. 고개 숙이고 눈도 마주치지 않을게. 그러니까 제발, 죽으라는 말만큼은 하지 마.

우산을 쥔 손에 힘이 들어갔다. 빗방울이 북채처럼 우산을 두드리며 소리를 냈다.

중앙 현관에서 실내화로 갈아 신는데 담임선생님과 마주쳤다. 가슴이 두근두근 울렁거려 숨이 막혔다.

"고마치, 좋은 아침!"

선생님의 쾌활한 목소리가 복도를 울렸다. 나는 갈라지는 목소리로 간신히 인사했다.

"인사는 더 크게! 아침 인사는 하루의 기본이란다. 선생님은 네가 살아가는 데 필요한 그런 힘을 길렀으면 좋겠어. 자, 힘내자!"

선생님은 내 어깨를 툭툭 두드리고는 어느새 저만치 걸어가 이지마와 마주했다.

"선생님, 안녕하세요!" 이지마의 옆얼굴은 생기가 넘쳤다. 선생님은 나를 대할 때와 달리, 아주 편안하고 즐거운 미소를 짓고 있었다.

선생님에게 나는 '노력이 필요한 안쓰러운 아이'일 뿐이다. 틀린 건 언제나 나고, 고쳐야 하는 쪽도 나였다. 내가 세상에 섞이기 힘든 아이라서 겪는 일들이라고, 선생님의 미소는 그렇게 말하고 있었다.

교실에 들어선 순간, 내 책상이 사라졌다는 걸 알았다. 나는 텅 빈 공간 앞에서 발걸음이 굳었다. 아이들의 시선이 나를 훑고, 키득거리는 웃음소리가 귓속까지 파고들었다. 주먹을 꽉 쥐었다. 안 돼. 울면 지는 거야. 내가 무너지는 순간 저들은 손뼉을 치며 좋아라 날뛰며 '협동심'을 발휘해 나를 압도하겠지.

시선을 돌려 창밖 베란다를 보았다. 퍼붓는 빗속에 내 책상과 의자가 내던져져 있었다. 베란다로 나가 차가운 빗줄기를 맞으며 그것을 내 자리로 옮겼다. 비에 젖어 검게 변색된 책상을 닦으며 생각했다. 정말 여기가 내 자리가 맞을까.

"아니, 누가 그랬어? 남자애들이 그랬지?" 이지마가 큰 소리로 웃으며 말했다.

"너무해!" 다른 아이들이 장단을 맞췄다. "아무리 책상에서 냄새난다고 해도 그렇지, 비를 맞히면 어떡해!" 가엾은 나를 감싸주는 척하면서 아이들이 웃었다.

"자, 찐따 양. 이걸로 닦아줄게."

이지마가 그 더러운 우유 걸레를 들고 내 젖은 머리카락을 거칠게 문질러댔다. 우유와 먼지, 왁스가 뒤섞인 악취가 코를 찔렀다. 휘청거리는 몸을 지탱하며 나는 중얼거렸다.

더 이상은 한계였다. 살아갈 힘. 친구를 사귀는 능력. 말을 잘하는 능력. 협동심. 적극성. 개성. 어떤 말이든 상관없어. 그게 뭐든 상관없어. 이젠 다 필요 없어.

"그런 건 어쩔 수 없잖아!"

내 머리를 짓누르던 이지마의 손을 홱 뿌리쳤다. 양손으로 젖은 책상을 부서져라 내려쳤다.

"찐따? 어두운 애? 낯을 가린다고? 그게 뭐 어때서! 어쩔 수 없잖아! 그게 나니까!"

이지마를 거칠게 밀쳐내고 가방을 낚아챘다. 누구의 얼굴도 보고 싶지 않았다. 저런 애들의 기준에 나를 끼워 맞추는 일 따위 이제 안 할 거야.

"나는, 세상 살아가기 힘든 애가 아니야!"

달리면서 소리치고 있었다. 실내화를 신은 채 현관을 박차고 나와 빗속을 미친 듯이 달렸다. 길에서 넘어져 교복이 진흙투성이가 되었지만 멈추지 않았다. 뜨겁게 끓어오르던 눈물이 빗물과 섞여 마구 흘러내렸다.

엄마, 미안해. 나 이제, 학교에 못 가겠어.

＊

커튼 사이로 새들의 지저귐이 들려왔다.

머리끝까지 이불을 뒤집어쓰고 무릎을 끌어안은 채 눈을 감았다. 며칠째 내리 잠만 잤더니 온몸이 욱신거렸다. 자는 것 말고는 달리 할 일이 없었다. 밥 먹고 화장실 가는 시간을 제외하면 온종일 TV 속 드라마나 예능을 보며 시간을 때웠다. 어두컴컴한 방에 틀어박혀 아무와도 연락을 주고받지 않은 채 잠만 자는 나날을 보내며, 나는 내가 정말로 다른 사람과 섞일 수 없는 인간이라는 사실을 뼈저리게 느꼈다. 어쩔 땐 미친 듯이 온몸을 쥐어뜯고 싶고, 밤이 되면 눈물을 참지 못해 소리 지르고 싶어졌다.

학교에 가지 않은 지 며칠이 지났지만 엄마는 아무 말도 하지 않았다. 하지만 식탁에서 엄마와 눈이 마주칠 때마다 심장이 발밑으로 떨어지는 것 같았다.

'사에, 왜 그래? 학교에서 무슨 일 있었니? 엄마한테 말해줘. 엄마가 선생님한테 연락해서 상담해

볼까?' 이렇게 다그칠 것만 같아 무서워 견딜 수 없었다. 그렇게 물어보면 대답해야 하니까. 이 비참함을. 내가 음침한 찐따라서, 모두를 짜증나게 하는 성격이라서, 이지마의 메시지를 무시하는 못된 인간이라서 이런 가혹한 일을 당했다고 내 입으로 설명해야 하니까. 그것은 내가 '세상 살아가기 힘든 애'라는 사실을 스스로 증명하는 거나 다름없었다.

억울했다. 새들의 지저귐을 들으며 베갯잇을 적시며 울음을 삼켰다.

잠깐 눈을 붙인 뒤 휴대폰으로 시간을 확인했다. 어느새 정오를 지나 있었다. 언제 어디서든 타인과 연결해준다던 메신저 앱을 삭제했다. 몇 분마다 눈사태처럼 쏟아지던 비난과 오물 아이콘의 알림음. 왜 진작 지우지 못했을까. 아마도 나는 그 폭력이라도 붙잡고 누군가와 이어져 있고 싶었던 모양이다. 이지마라도, 지에라도 좋으니 누군가 내게 미안하다거나 이제 다 끝났다고 말해주길 기대했는지도.

그 애들과 웃으며 지냈던 여름방학 전의 기억은 도저히 지워지지 않는다. 그때 느꼈던 기쁨은 분명 진짜였으니까.

"사에."

문을 두드리는 소리가 났다. 숨을 죽였다. 하지만 엄마는 포기하지 않고 계속 문을 두드렸다.

"사에, 저기⋯ 선생님이 오셨어."

심장이 멎는 것 같았다. 온몸에 소름이 돋았다.

"싫어! 가시라고 해!"

나는 그렇게 소리치고 이불을 더 깊이 뒤집어썼다.

엄마는 한동안 문 앞에 서 있는 것 같더니, 결국 포기했는지 계단을 내려가는 소리가 들렸다.

현관 쪽에서 두런두런 말하는 소리가 들리는가 싶더니, "고마치 사에짱~!" 어린아이를 부르는 것처럼 쾌활하고 부드러운 목소리가 집안 가득 울렸다. 친구네 집에 찾아와 같이 놀자고 부르는 것 같이 친근한 목소리였다. 뜻밖에도 보건 선생님이었다.

나는 이불을 걷어내고 몸을 일으켰다.

"나야, 하세베. 사에를 만나러 왔어!"

이름을 밝히는 목소리가 왠지 엉뚱하고 얼빠지게 들려 주뼛주뼛 문가로 다가갔다. 하지만 문을 열고 나갈 용기가 나지 않아 그대로 서 있었다.

계단을 오르는 발소리가 들렸다. 나는 숨을 죽인 채 그 소리에 귀를 기울였다.

"고마치."

선생님이 들어오지 못하게 문에 등을 바짝 붙이고 섰다.

"있잖아, 고마치."

문 너머에서 선생님의 다정한 목소리가 들려왔다. "미안해. 많이 힘들었지?"

순간, 나는 문 앞에 그대로 주저앉았다.

"왜, 왜 선생님이 사과를 해요."

문 너머로 선생님이 천천히 바닥에 앉는 기척이 느껴졌다. 얇은 문 하나를 사이에 두고 우리는 서로 등을 맞대고 있었다.

"어른이라서 사과하는 거야. 선생님 같은 어른들이 너희를 그 좁은 교실 안에 억지로 가둬놓고 있으니까."

숨 막히는 교실. 강제로 모여 서로 물고 뜯는 우리들. 나는 떨리는 목소리로 물었다.

“선생님, 우리는 왜 학교에 가야 하나요? 공부는
왜 해야 하나요?”

선생님은 잠시 뜸을 들이더니 대답했다.

“공부는 요리 재료 같은 거야. 먹고 싶은 걸 만들
려고 하는데 냉장고가 텅 비어 있으면 아무것도 만
들 수 없잖아. 어쩌면 배운 걸 써먹지 않을 수도 있
어. 아니면 그대로 썩어버려 못 쓰게 될지도 모르
고. 그렇지만 언젠가 네가 꿈을 찾았을 때 냉장고가
텅 비어 있으면 아무것도 만들 수 없잖아. 학교 밖
에서도 재료를 채울 수는 있지만, 학교는 그 과정을
도와주기로 약속된 곳이니까.”

“그래도 전 못 가요. 절대로 가고 싶지 않아요.”

“그래, 그럴 수 있어. 선생님은 그래도 된다고 생
각해.”

맥이 탁 풀렸다. 당연히 나를 학교에 데려가려고
할 줄 알았으니까.

“고마치는 학교에 못 가는 게 아니라 안 가는 것뿐
이야. 선생님은 그런 선택도 괜찮다고 생각해. 학교
가 세상의 전부는 아니거든. 세상은 아주아주 넓어.

무언가를 배우고 사람과 이어지는 방법이 무궁무진해. 어떤 삶을 선택하든 그건 고마치의 자유야. 학교에 가지 않는 삶도 하나의 평범한 삶이야.”

평범한 삶.

하세베 선생님의 그 다정한 목소리는 문틈 사이로 스며드는 온기 같았다. 억눌렀던 감정이 가슴을 뚫고 터져 나왔다.

“저는… 너무 억울해요! 실은 저도 학교에 가고 싶어요! 학교에서 친구랑 수다도 떨고 평범하게 어울리며 공부하고 싶어요. 그런데 왜, 왜 나만 이런 일을 겪어야 하냐고요!”

“그러게. 정말 억울하고 분했겠다. 선생님도 이렇게 속상한데 넌 오죽하겠니. 넌 아무것도 잘못한 게 없는데 말이야.”

정답을 알려주진 않았지만, 선생님은 내 울음 섞인 절규를 진심으로 받아주었다. 나는 살면서 한 번도 내본 적 없는 큰 소리로 엉엉 울었다.

“고마치는 진 것도, 도망친 것도 아니야. 지금은 그저 남들과 조금 맞물리지 않을 뿐이야. 언젠가 그 애들도 잘못을 깨닫고, 너도 그들을 용서할 수 있는 날이 올 거야. 그때까지 선생님이 함께 있어 줄게."

노래하듯 부드러운 그 목소리에 귀를 기울이며, 나는 지금까지 살아오면서 이렇게까지 울어본 적이 있었나 싶을 만큼 큰 소리로 하염없이 울었다.

*

비가 내린다.

새들은 빗속에서도 지저귀며 힘차게 날갯짓을 하기도 하지만, 분명 어딘가에는 날개를 접고 조용히 숨죽인 채 울고 있는 새도 있을 것이다. 오전 11시가 조금 안 된 시각, 거실 TV에서는 평소엔 보지 못했던 생소한 프로그램이 나오고 있었다. 채널을 돌리다 마침 예능 프로그램에서 별자리 운세를 읽어주는 장면을 보게 됐다. 절묘한 타이밍이었다. 게다가 처녀자리가 1위였다.

[새로운 일에 도전하기에 딱 좋은 날! 뜻밖의 만남이 당신을 변화시켜줄지도 몰라요. 행운의 아이템은 '달걀'입니다.]

달걀이라니. 오늘 아침에 달걀을 먹지 않은 것이 못내 후회됐다. 그러다 문득 달걀에 얽힌 작은 주술 같은 이야기가 떠올랐다. 삶은 달걀 껍데기를 흰자에 흠집 하나 없이 매끄럽게 벗겨내면 행운이 찾아온다는 이야기. 나는 별자리 운세나 이런 사소한 미신에 관심이 많다. 아무리 불안한 아침이라도, 뭔가 좋은 일이 생길지 모른다는 기대를 품게 하니까. 섬세하지 못해서 성공한 적은 드물지만, 오늘만큼은 다시 도전해보고 싶었다.

가방을 어깨에 메고 엄마를 향해 고개를 끄덕였다.

"괜찮겠니? 비도 오는데 엄마가 데려다줄까?"

"괜찮아요."

다시 한 번 고개를 끄덕이고 조용히 현관으로 향했다. 나를 지켜보는 엄마의 걱정스러운 시선을 느끼며 속으로 나지막히 용서를 빌었다.

엄마, 미안해요. 남들처럼 평범하지 못해서, 세상을 살아가기 힘든 아이라서 미안해요. 학교에 가지 않아서 미안해요.

"괜찮아." 엄마가 내 생각을 읽기라도 한 듯 말했

다. "사에는 사에잖아. 네 방식대로 살아주면 엄마
는 그걸로 충분해. 그것만으로도 기뻐."

신발을 신다 말고 울컥 해서 이를 악물었다.

"응."

엄마를 돌아보았다. 웃고 있었다.

"다녀오겠습니다."

"잘 다녀와."

보건실은 따뜻한 햇볕 냄새와 소독약 냄새가 기
분 좋게 섞여 있었다.

파티션으로 나뉜 공간은 생각보다 넓었고, 철제
책상은 교과서와 노트를 펼치기에 충분할 만큼 넓
었다. 하세베 선생님을 따라 안으로 들어서자, 따분
한 얼굴로 공부하고 있는 여자아이 하나가 눈에 들
어왔다. 짧은 머리에 다부진 인상을 가진 그 아이는
나를 힐끗 보더니 어딘가 불편한 듯 시선을 피했다.

"자, 나츠. 인사해야지."

선생님이 다독이자, 그 아이는 여전히 귀찮다는
듯 나를 향해 고개를 돌렸다.

“오카자키 나츠야. 잘 부탁해.”

나는 심호흡하듯 작게 숨을 들이마셨다.

“만나서 반가워. 고마치 사에라고 해.”

심장이 쿵쾅거렸다. 잘 지낼 수 있을까. 나를 싫어하면 어떡하지. 또다시 음울하다고, 짜증난다며 싫어하면? 불안한 감정들이 마구 피어올랐다.

점심시간이 되었다.

“나츠가 안내해줄 텐데, 같이 급식 가지러 가볼래?”

선생님이 물었지만, 나는 오카자키와의 거리를 어떻게 좁혀야 할지 몰라 침대 머리맡에 가만히 걸터앉아 있었다. 괜찮아, 괜찮을 거야. 스스로에게 몇 번이고 되뇌었다. 사실 보건실로 등교하는 아이가 있다는 선생님의 말에 용기를 내어 이곳에 온 거잖아.

“학교에 가지 않아도 괜찮아.”

하세베 선생님은 그렇게 말했다. 학교가 세상의 전부는 아니며, 공부하고 싶다면 학원이나 인터넷도 있고, 책을 읽거나 여행을 하는 등의 방식도 있다고. 아무것도 하고 싶지 않다면 잠시 멈춰 서서 쉬어가도 된다고. 그건 결함이 아니라 자연스러운 과정이라고 말이다.

이곳은 선생님이 보여준 여러 선택지 중 하나였다. 학교 안에 있지만, 내가 거부했던 그 교실과는 다른 공기가 흐르는 곳. 다정한 고요함이 깃든 이곳에서 나는 나만의 방식으로 싸우고 싶다. 이지마를 용서하고 교실로 돌아갈 수 있을지는 아직 알 수 없지만, 적어도 '나는 나'라는 사실을 잃지 않고 누군가와 이어질 수는 있을 것 같다.

"있잖아."

말을 걸려던 그때, 그 애가 먼저 입을 열었다.

"먹을래?"

고개를 들자 눈앞에 오카자키가 서 있었다. 손끝에는 하얗고 둥근 걸 쥐고 있었다.

"삶은 달걀이야."

그 애가 내민 달걀을 두 손으로 감싸듯 받았다. 그러고는 오카자키를 올려다보며 말했다.

"고마워."

무지개는 마법처럼 나타나기도 하지만, 직접 만들 수도 있다. 나는 아직 세상을 살아가는 게 힘들고 서툴지만 그래도 이렇게 살아가고 있다. 가끔 세찬 비바람에 휘청거리겠지만 그럴 땐 잠시 쉬어가면 된다. 비가 걷히고 마음이 다시 화창하게 갤 때까지.

나는 삶은 달걀을 준 새로운 친구를 향해 미소를 지어 보였다.

"있잖아, 그거 알아? 삶은 달걀 껍데기를 흠집 없이 깨끗하게 벗기면…."